Prix : 60 centimes.

Michel CORDAY

MON LIEUTENANT

PARIS

ERNEST FLAMMARION, Éditeur

26, rue Racine, 26.

8

MON LIEUTENANT

ÉMILE COLIN, IMPRIMERIE DE LAGNY (S.-&-M.)

MICHEL CORDAY

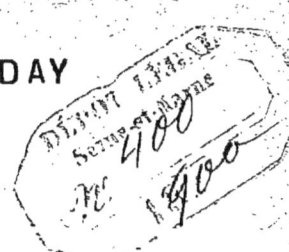

MON LIEUTENANT

PARIS

ERNEST FLAMMARION, ÉDITEUR

26, RUE RACINE, PRÈS L'ODÉON

A

GUSTAVE LARROUMET

En hommage.

M. C.

MON LIEUTENANT

I

MON LIEUTENANT

Vraiment, les gens qui se marient ne se doutent pas du nombre d'existences qu'ils dérangent autour d'eux. Ils ressemblent au monsieur de l'orchestre qui, pour sortir, est obligé de faire lever tout son rang, dont il écrase en outre les orteils.

Ah ! fichtre oui, en se mariant, mon lieutenant me dérange, me piétine et me met debout! Jugez-en. Amené, comme beaucoup de garçons de mon âge, à accomplir trois ans de service militaire, j'avais, au bout de dix mois, trouvé cette place idéale : ordonnance d'officier célibataire. J'*existais*, comme disent mes camarades de chambrée. Un métier de réveille-matin, quelques coups de plumeau dédaigneux et rares sur les quatre meubles d'un garni, des loisirs à n'en savoir que faire, une existence mixte de soldat et de Crispin, sans les servitudes, mais avec les avantages des deux rôles.

Et que vais-je devenir, maintenant? Le subordonné de la cuisinière, l'esclave de la nourrice, le larbin en livrée, cravate blanche, casquette et gilet rayé... un valet de chambre à cent sous par mois.

Qui aurait pu prévoir un tel changement à vue.? Pas moi, ce matin même. Et il a suffi d'un mouvement distrait de ma main, d'un regard jeté sur les papiers de mon lieutenant, pour me révéler le gros événement. Oui, pendant qu'il est à la manœuvre, je mets en ordre son bureau ; je replie soigneusement, après lecture, les lettres qu'il a le tort de laisser traîner. (Il ne se rend même pas compte du service que je lui rends.) Et c'est ainsi qu'en

ouvrant, d'un geste machinal, un grand diable
de papier format tellière, je suis tombé sur sa
demande en autorisation de mariage. Non
point une supplique aux parents de la demoi-
selle, mais bien au ministre de la guerre. Car
les officiers, seuls de leur espèce, ne peuvent
pas prendre femme sans l'assentiment de
leurs supérieurs hiérarchiques. Ainsi ai-je
appris que nous nous proposons d'épouser
Mlle Fanny Robertet, dont le père, industriel,
et la mère, sans profession, habitent 215, rue
des Francs-Bourgeois, à Paris.

J'aurai donc bientôt l'avantage de brosser
les jupes et de cirer les petits souliers de cette
aimable personne, si le ministre le veut bien.

Est-ce étrange, la vie? Né de petits com-
merçants qui rêvent naturellement d'avoir un
fils fonctionnaire, me voici, vers treize ans,
groom dans les bureaux d'un grand journal
parisien. Papa et maman n'ont pas réussi et
les pauvres gens se consolent de n'avoir pas
pu me pousser jusqu'aux grandes Écoles, en
contemplant mon beau dolman vert à triple
rangée de boutons grelots. Vous êtes-vous ja-

mais demandé ce que deviennent tous les
petits chasseurs de cercles, de tavernes ou
de bureaux, quand ils grandissent et dépassent la taille de l'emploi? Pour ma part, je
me posai, vers dix-sept ans, la question avec
inquiétude. Car j'aimais la maison, sa vie trépidante, son odeur d'encre grasse et de littérature. Je prisais la rosserie et le bon garçonnisme mêlés des rédacteurs, le contact de nos
grands célèbres, la volupté de faire attendre
et de rudoyer des gens pressés et notoires.
Je souhaitais de vivre toujours dans cette atmosphère électrique, où l'on respire de l'esprit, du savoir-faire et même du talent. Mon
vœu fut exaucé. Je fus nommé garçon de bureau. Et, ma foi, j'arrivais tout comme un
autre à donner des conseils aux débutants
porteurs de manuscrits, à critiquer sévèrement
la première page de notre journal, quand je
dus tirer au sort. Locution surannée dont
l'ironie ne m'échappa point, car s'il subsiste
encore de mauvais numéros, il n'y en a plus
de bons.

Mes débuts à la caserne furent pénibles. On

a dit maintes fois combien cette vie inélégante
et rude nous froisse, nous autres cérébraux.
Je n'insiste pas. D'ailleurs, mon goût d'obser-
vation, mon sens du pittoresque me sauvèrent
de l'amertume et du découragement.

Ces répugnances, autant que ces précieuses
qualités, me poussèrent à m'inscrire parmi les
postulants à l'emploi d'ordonnance. J'espérais
en même temps cesser le dur métier de trou-
pier et trouver, dans ces intérieurs d'officiers,
si peu connus de la foule, un champ d'investi-
gation presque vierge.

Cette fois encore, mes vœux furent réalisés.
Le lieutenant Deraismes me prit à son service. Mon prédécesseur, qui rentrait dans ses
foyers, ne se plaignait pas de son maître. Il le
tenait pour un garçon assez peu communica-
tif mais gai pourtant, indulgent mais soucieux
de ne se point laisser berner. Mon jugement
ne différa pas sensiblement de celui de mon
camarade. Je reconnus au lieutenant Deraismes une réserve que d'aucuns eussent pu
prendre pour de la raideur et qui n'était que
de la timidité ; une âme simple, presque

fruste, dédaigneuse de tout raffinement, de
toute jouissance d'art, mais qui s'égayait si
franchement pour un calembour, une chanson
de dessert ou une farce gamine ! Quant à sa
bonté, elle se manifestait surtout par la modestie de ses exigences et la rareté de ses
observations. Jamais il ne punit mes fautes
que quand elles lui nuirent dans son service
ou semblèrent narguer sa clairvoyance. Oh !
sur ces deux points, il se montra toujours
intraitable. Jamais il ne me pardonna de
l'avoir mis en retard ou d'avoir voulu le
duper. Mais qui n'a pas ses petites fai-
blesses ?

Nous vécûmes, à ces légers dissentiments
près, dans la meilleure intelligence. O vie
charmante, il va donc falloir te quitter ! Plus
de ces bons sommes du matin, de sept à dix,
où j'achevais, dans le fauteuil du lieutenant,
ma nuit interrompue à la caserne. Plus de ces
douces flâneries d'après-midi, dans ce petit
logis dont j'étais le vrai maître. J'y possédais
mon coin bien à moi, la cuisine désaffectée,
où j'étalais à mon aise mes brosses, mes petits

pots de graisse ou de brillant, mon calendrier perpétuel avec le nombre des jours à faire (437 aujourd'hui) et jusqu'à mes effets de fantaisie, interdits à la caserne.

Et c'en est fait, surtout, de la présence de Mlle Julia, l'amie de mon lieutenant, dont les apparitions, à de trop rares intervalles, apportaient dans notre banal logis de garçon la grâce et la joie.

Plus tard, quand sera calmée ma surprise du grave événement qui se prépare, j'aimerai rappeler tout à loisir dans ce journal de ma vie nos premières entrevues, nos affinités de faubouriens — elle de la Goutte-d'Or, moi de la Chapelle — toutes les circonstances heureuses qui m'emplirent pour la douce enfant d'une dévotion à la fois humble et protectrice, d'un dévouement de chien fidèle.

Pour l'instant, pleurons vite ces soirées charmantes que Mlle Julia illuminait de sa présence. Le samedi, le plus souvent. Elle s'échappait de son atelier parisien, en robe noire de modillon, sautait dans le train et nous arrivait une heure après. Je courais à la

pension. J'en rapportais deux dîners bien
chauds, dans des assiettes couvertes et empi-
lées dans un haut panier en forme de tambour. Je servais mes deux amoureux, j'infusais
pour eux un thé ambré, parfumé comme un
bouquet, et j'étais récompensé de ma peine
par le joli adieu que m'envoyait Mlle Julia
quand je partais pour la caserne : « Bonsoir,
mon bon Soutin. »

Et quand mon lieutenant, avant la manœuvre d'après-midi, me commandait : « Mes
effets civils prêts pour quatre heures », je
soupirais en pensant qu'il allait rejoindre cette
fois Mlle Julia à Paris et que nous ne la ver-
rions pas arriver vers huit heures, si rieuse,
si simple, avec sa figure blanche dans sa
pèlerine noire.

Que va-t-elle devenir, cette brave et bonne
enfant ?

Ce soir encore, mon lieutenant [a] pris le
train pour Paris. Mais il ne s'est pas coulé
dans ses vêtements civils, si commodes, avec
leur aise flottante, leur don d'incognito. Non,
il est parti ganté dans sa tenue numéro

un, et pimpant, et fier, et riant aux étoiles.

Hélas ! Je devine bien où il va... Et songeant
à cette douce Julia, à moi-même, à la belle
gaieté de mon lieutenant, je me rappelle cette
phrase profonde d'un de nos chroniqueurs,
au journal : « Lorsqu'un rire éclate, il brise
toujours quelque chose. »

II

MADEMOISELLE JULIA

Un an, déjà, depuis ma première rencontre
avec cette simple et douce personne... Mais ce
souvenir m'apparait aujourd'hui tout encadré
de noir, comme une lettre de deuil. Car je
crains bien de ne plus jamais revoir Mlle Julia.
Ne doit-elle pas savoir que mon lieutenant se
marie? Je le sais bien, moi. Il est vrai que le
hasard m'a aidé (et je le lui ai bien rendu) en
plaçant sous mes yeux la demande au ministre
en autorisation de mariage. Mais, sans doute,
mon lieutenant poursuit en même temps
toutes les démarches d'usage : la rupture,

hélas ! n'est-elle pas du nombre? Qu'elle date
d'hier ou de demain, elle est inévitable. Et
voilà comment Mlle Julia ne reviendra plus
ici.

Quelle gentillesse tranquille, ce premier
jour où je l'ai vue... J'avais pris mon nouveau
service depuis une quinzaine de jours. Nous
n'avions reçu aucune visite féminine, aucune
lettre amoureuse. J'en étais réduit aux sup-
positions sur les bonnes fortunes de mon
lieutenant, quand, un samedi de décembre,
vers quatre heures, j'entends frapper trois
petits coups à notre porte. J'étais seul, tout
occupé à me chauffer devant le bon feu que je
venais d'allumer pour le retour du maître.
Notre capitaine, en effet, a coutume de pro-
longer jusqu'au soir les revues du samedi.
Aussi je me promettais bien de n'être pas
troublé dans ma quiétude avant six heures.
Furieux contre le fâcheux, décidé à l'éconduire
militairement, je me lève, j'ouvre, et je me
trouve devant la plus délicieuse petite
figure de femme que jamais ordonnance ait
considérée. Les bras m'en tombèrent, sans

2

quoi j'eusse joint les mains comme devant une
apparition. Peut-être n'avait-elle pas cette
beauté régulière des héroïnes de nos feuille-
tons, faite pour plaire également à cent mille
lecteurs. Mais tout homme, fût-il soldat-
ordonnance, obéit à de mystérieuses préfé-
rences en matière de charme féminin : il imagine confusément le visage idéal à ses yeux et
tressaille lorsque le hasard le place devant
son rêve réalisé. Or, l'ovale large au menton
plein, la peau blanche et fine comme un bis-
cuit de pâte tendre, les yeux couleur café sous
de lourdes paupières, le nez pincé un peu
busqué, la lèvre pâle en chalet, tous les traits
enfin de la jeune personne à qui je venais
d'ouvrir la porte répondaient à ma pré-
dilection secrète. C'est pourquoi je gardais
devant elle une attitude et un silence stu-
pides.

Elle-même, également surprise — mais,
hélas ! pour d'autres raisons — imitait ma
réserve ; devant une figure nouvelle, elle craignait de s'être trompée d'étage. Cet embarras,
qui me parut long, à vrai dire, dura quelques

secondes. Et ce fut la jolie visiteuse qui m'interrogea :

— C'est bien ici le lieutenant Deraismes ?

— Cer... tainement.

Dans mon trouble, je coupai le mot en deux, car il me fallut, dès la première syllabe, avaler ma salive.

— Il n'est pas rentré ?

— Non, mademoiselle. Il y a revue de linge et chaussures... et alors...

— C'est bien. Je vais l'attendre.

Et, avec son petit air tranquille, elle passa devant moi, entra dans la pièce qui nous sert de salon et quitta ses vêtements de rue. Elle opérait avec tant d'aisance et de sécurité que chaque objet semblait aller de lui-même retrouver une place accoutumée. Les gants tombèrent dans une jardinière vide; le chapeau s'en vint couronner, comme un bouquet, une potiche dont le col implorait des fleurs, et le petit mantelet noir se posa mélancoliquement sur le dos d'une chaise. Ah ! certes, il perdait au change ! Et comme je comparais le meuble aigu et plat qu'il couvrait

maintenant aux rondeurs opulentes qu'il
délaissait, la tranquille visiteuse, ranimant
à petits coups de doigts les touffes de ses
cheveux devant la glace, m'interpella sans
se retourner :

— Vous êtes le nouveau brosseur ?

Ce fut dit si gentiment, que je ne me sentis
pas offusqué par l'impropriété du terme, son
goût vaudevillesque et suranné.

— Oui, mademoiselle.

J'aurais pu lui répliquer : « Et vous ? »
Mais c'eût été bien inutile. Son aisance, sa
connaissance approfondie du lieu, tout me la
désignait comme l'amie de mon lieutenant ;
et dès lors elle devint pour moi, ce qu'elle
est toujours restée, d'ailleurs, une personne
inaccessible et lointaine, comme ces tumul-
tueuses et froufroutantes actrices que j'admi-
rais jadis en silence dans les bureaux de notre
journal.

Entre le pauvre petit chasseur et ces belles
créatures, s'ouvrait un fossé aussi infran-
chissable qu'entre l'humble « brosseur »
et l'amie de son lieutenant. Au moins, ai-je

toujours retrouvé devant elle ce vieil instinct
de servitude et de modestie.

Et pourtant, nous devions, dès cette première rencontre, nous reconnaître tant d'affinités communes, découvrir entre nous un
lien si solide !... Mais ce lien-là ne servit jamais qu'à me tenir en laisse. Tout d'abord, la
glace rompue, nous couvrîmes de fleurs mon
prédécesseur, retourné au pays. Nous nous
amusâmes de sa joie naïve à retrouver son
village.

— Et vous, me demanda la calme petite
personne, d'où êtes-vous ?

Alors, d'une voix qui tremblait d'orgueil
contenu, je déclarai :

— Moi, je suis de la rue Ordener.

— Tiens ! Et moi du boulevard Barbès.

Nous étions nés à cent mètres l'un de
l'autre. Ce Paris, tout de même ! Mais il faut
être natif des faubourgs pour comprendre
combien cette commune origine nous rappro-
cha instantanément. L'attachement qu'on a
pour son quartier de grande ville n'est peut-
être pas aussi grave, aussi profond que celui

qu'on éprouve pour le clocher de son village.
Mais il est plus crispé, plus nerveux, plus vif.
On sent si bien que ce coin est lui-même
changeant, avec ses habitants qui se renou-
vellent, qui s'ignorent, ses silhouettes qui se
modifient sous la pioche du démolisseur !
Alors on s'y raccroche désespérément, rageu-
sement, comme à quelqu'un qu'on aime et
qui s'en va...

Et nous voilà tous deux, comme de vieux
amis, chantant les louanges de notre faubourg.

— Est-ce vivant, ce boulevard Barbès ! le
matin, quand les commis et les ouvrières dé-
boulent vers Paris. On se sent les coudes.
Tout le monde lit son journal. Et même quand
fait froid et presque nuit, l'hiver, on est de
bonne humeur.

— Et la rue de Clignancourt, le soir, quand
on remonte du travail ! Y en a-t-il, de la
mangeaille, qui déborde des boutiques, sur
le trottoir, jusqu'au ruisseau ! Et les fonds de
rôtisserie qui flambent, avec des poulets qui
tournent...

Nous énumérions tous les petits magasins dont la physionomie nous était familière : l'épicerie aux friandises d'un sou, le libraire dont les illustrés sont comme un livre d'images toujours ouvert et sans cesse varié.

— Et dans les maisons, poursuivait Mlle Julia, on n'est pas fier. Moi, n'est-ce pas, j'habite seule. Je n'ai plus de parents. Je travaille chez Dinah Meyer, vous savez, rue de la Paix. Eh bien, quand je rentre le soir, on cause, sur le pas des portes. Tout le monde m'aime bien. Par les fenêtres sur la cour, on se demande les uns aux autres des nouvelles de ses plantes, de ses oiseaux. Et on s'aide dans la maladie, ou dans le malheur.

— L'odeur qui vient de Pantin quand le temps est au beau, cette odeur qui ne ressemble à aucune autre, où toutes les cheminées de fabrique ont mêlé leurs fumées, dépotoirs et parfumeries, la jugez-vous si désagréable ? demandai-je à mon tour. Moi, quand je la retrouve ailleurs, cela m'attendrit. Et je revois ma rue.

— Mais non, elle n'est pas si mauvaise.

Votre lieutenant ne peut pas souffrir cette odeur-là, lui. Il dit des atrocités sur elle.

— Il ne peut pas comprendre, déclarai-je avec une nuance de dédain involontaire et que je regrettai aussitôt.

— Bien sûr. Et c'est tout naturel. Il est de la province. Ses parents ont une maison à eux, un jardin pour eux. Alors nos grandes ruches l'effraient. Figurez-vous qu'il n'a pas encore dit un mot à mes voisins, depuis six mois qu'il vient me voir !...

Ce fut ainsi, dans la communion de notre foi d'enfants de faubourg, que notre alliance fut conclue du premier jour.

Pendant un an, les liens ne s'en relâchèrent jamais. J'appris seulement à mieux connaître Mlle Julia, à admirer sa douce fidélité à mon lieutenant qui partait souvent chez elle à l'improviste, suivant les hasards du service. Lorsqu'à son tour elle venait chez nous, elle apportait pour moi, avec un sourire, un peu de cet air natal que je respirais trop rarement. Et lorsque nous étions seuls, nous parlions toujours de notre faubourg.

Ah ! les étranges « pays » que nous faisions !

Et maintenant, c'est fini. Mais je me suis si fort attaché à Mlle Julia, que je m'inquiète plus de son sort que du mien. Je me demande bien comment sera madame, et si la cuisinière sera jeune et gentille ; mais en même temps je cherche ce que va devenir ma douce payse...

III

RUPTURE

Notre mariage approche. Je le reconnaîtrais aujourd'hui à des signes certains, si je l'avais jusqu'alors ignoré.

Tout d'abord, les bans sont sûrement publiés ; car nous recevons, à chaque courrier, des brassées de prospectus pour fiancés. D'ingénieux industriels doivent guetter, sur les listes affichées aux portes des mairies, les épousailles prochaines. Mon lieutenant ne fait même pas sauter la bande de ces imprimés. Sans doute n'a-t-il pas besoin de ces indications. Moi non plus. Mais pourtant, je les collectionne pour l'amusement des réclames astucieuses ou naïves. Ainsi, dans une petite brochure, un bijoutier raconte à sa façon les coutumes du temps de fiançailles ; et l'on voit, dans cet étonnant récit, les deux tourtereaux occupés assidûment à s'offrir tour à tour une petite broche, une épingle de cravate, un bracelet, une breloque... toute la boutique y passe. Et des établissements de bain n'ont-ils pas osé nous adresser leur prix-courant ? Pour qui nous prennent-ils donc ?

Autre certitude : il y a huit jours, mon lieutenant m'a envoyé nettoyer notre nouveau logis. C'est, sur l'avenue Victor-Hugo, un appartement assez vaste, mais mal distribué. Il faut traverser la salle à manger pour entrer dans le salon. Et l'escalier, les pièces, n'ont ni le pimpant moderne, ni le grand air du passé. Nous succédons à un capitaine qui a quitté la garnison. Les officiers se remplacent volontiers dans un même logis. Cela les dispense de longues recherches. Là, tout en avivant de mon mieux les peintures encrassées des fenêtres et des portes, en frottant les vitres

et les parquets, j'ai vu arriver pièce à pièce
notre mobilier. Des dons de famille pour la
plupart, sans doute. La salle à manger est un
tantinet banale : il semble qu'on l'ait déjà vue
ailleurs. La chambre me plaît mieux. Un seul
lit. Pour le salon, nous n'avons encore que
des objets d'art : une nymphe de bronze, un
Amour de marbre, une coupe d'onyx, et des
lampes, des lampes à illuminer toute la ville.
Seulement, personne ne songe jamais à donner aux nouveaux mariés une bonne batterie
de cuisine.

Mon lieutenant se promène parmi tous ses
trésors avec des airs ravis. Il en est touchant.
Je le surprends parfois à pousser de l'épaule
des buffets ou des armoires, comme un démé-
nageur. Puis il se recule et juge de l'effet.
Dès qu'il m'aperçoit, il reprend son attitude
réservée. Sans le secours des trous de serrure,
la surprise calculée d'une porte brusquement
ouverte, on ne soupçonnerait jamais combien
ces hommes de dur aspect ont un tendre
cœur. Mais rien ne m'échappe de ses impressions ; et j'en arrive à partager presque l'émoi

qu'il doit éprouver à évoluer parmi l'odeur neuve des bois encaustiqués, des étoffes encore apprêtées, dans ce logis vierge que son hôtesse ne connaît point encore.

Et pourtant, comme ce bonheur est égoïste ! Parfois, je me gourmande d'en être l'instrument docile, le témoin complaisant. Evidemment, je ne suis rien dans le petit drame qui se joue autour de mon lieutenant, et pourtant, il me semble, à certains moments, que je ressens pour lui le remords qu'il ne paraît pas éprouver. Il oublie le chagrin de Mlle Julia et je m'en souviens à sa place.

Pas besoin d'une longue mémoire, d'ailleurs : la rupture date d'une semaine. Ce soir-là, j'étais seul dans notre petit logis de garçon et je me confectionnais ma tasse de café quotidienne. Mon lieutenant, selon toute apparence, rendait visite à sa fiancée ; car il m'avait demandé son uniforme. D'ailleurs, il part ainsi régulièrement, en tenue, le mercredi et le samedi. On sonne. J'ouvre et je me trouve devant Mlle Julia, juste comme le premier jour où je l'ai vue.

Ma stupeur fut extrême. J'étais persuadé
que mon lieutenant avait rompu sa liaison. Et
tout, dans l'attitude de Mlle Julia, son enjoue-
ment, sa surprise devant mon embarras, tout
m'avertissait au contraire qu'elle ne savait
rien. J'entrevis aussitôt la vérité : mon lieutenant, autant par crainte que par pitié, reculait
sans cesse le fâcheux instant de l'aveu ; sans
doute, il espaçait ses visites faubouriennes,
évitait de provoquer celles de son amie. Mais
il attendait que la nécessité le contraignît de
parler.

Quelle contenance devais-je prendre? Je
n'avais aucune consigne, aucun ordre relatifs
à une pareille mission. Jamais mon lieutenant
n'avait cru devoir m'entretenir, fût-ce en allusions légères, de son mariage ou de sa liaison. Il me plaçait devant le fait accompli, bien
qu'en résumé ma vie changeât en même
temps que la sienne. Libre à lui, évidemment.
Mais, dans l'occurrence, le hasard donnait tort
à sa réserve excessive.

Cependant, Mlle Julia, éloignée du plus léger
soupçon, plus jaseuse même qu'à l'habitude,

pénétra dans notre salon. Ses premières paroles confirmèrent mes doutes : elle n'avait
reçu ni lettres, ni visites depuis quinze jours ;
elle venait aux nouvelles, simplement. Quinze
jours ! La fameuse demande au ministre était
juste partie depuis ce temps-là. Certainement,
mon lieutenant n'avait plus donné signe de
vie à partir de cette date. Et, sans doute, il
attendait que son amie lui demandât des ex-
plications pour lui en fournir. Mais il devait
la supposer plus froissée qu'inquiète de son
silence et ne comptait pas qu'elle viendrait la
première à lui. Après un an, il ignorait donc
encore l'affection simple, douce, patiente, dont
sont capables toutes les demoiselles Julia de
nos faubourgs ? Pour moi, cette démarche
touchante de la jeune fille ne me surprenait
guère. Mais elle m'embarrassait à l'extrême.
Je souffrais surtout de sa confiance.

— Où est-il ? me demanda-t-elle.

Je répondis que je l'ignorais. Puis, comme
elle marquait l'intention de l'attendre, persua-
dée qu'il allait rentrer, je dus lui avouer que
je le croyais à Paris, pour une visite officielle,

quelque corvée nécessaire. Sans doute je
mentais mal, car elle me rit sous le nez. Puis
gamine :

— Je suis sûre que c'est une farce et qu'il
est caché là.

Elle désigna du doigt la chambre et y pénétra d'un élan. Je me félicitai de cette diver-
sion dont je n'avais, me semblait-il, rien à
craindre. Mais Mlle Julia ressortit presque
aussitôt. Son visage, ordinairement pâle, était
rouge d'émotion. J'en cherchais vainement la
cause. Mais elle, d'un calme douloureux :

— Pourquoi ne me disiez-vous pas que c'é-
tait fini ?

Je balbutiai :

— Comment savez-vous ?...

— Mon portrait, là...

Triple imbécile que j'étais ! Toute seule, en
belle place, la photographie de Mlle Julia se
dressait d'ordinaire sur le bureau de mon lieutenant, dans sa chambre. C'était même le seul
objet que j'essuyasse avec ferveur. Et depuis
quinze jours, en effet, le portrait avait dis-
paru...

Alors je racontai à ma chère payse tout ce que je savais, du mieux que je pus. Elle m'écouta sans émotion apparente et soupira en conclusion :

— Cela devait forcément arriver un jour ou l'autre.

Elle se leva et, pour la première fois, me tendit la main.

— Adieu, me dit-elle.

— Qu'allez-vous faire ? lui demandai-je encore, effrayé lâchement de ma responsabilité.

— Rien.

Et en effet, elle n'a rien fait. Le lendemain soir, mon lieutenant a simplement reçu un paquet de lettres. Sans doute sa propre prose. S'est-il seulement demandé qui avait instruit Mlle Julia ? A-t-il mis l'indication au compte d'un écho de journal annonçant le mariage prochain ? A-t-il écrit à son ancienne amie ? S'est-il efforcé d'adoucir de quelque générosité l'amertume de la rupture ? Autant de points obscurs à mes yeux. Mon lieutenant met lui-même ses lettres à la poste.

Le temps me manque, d'ailleurs, pour m'arrêter à déchiffrer ces énigmes ou pour rêver aux graves problèmes que soulève ce petit drame. Dans l'approche du grand jour, les événements nous bousculent et nous interdisent de penser. Hier, c'étaient les sous-officiers de la compagnie qui, avertis par mes soins, projetaient d'offrir à mon lieutenant une corbeille de fleurs dont le caporal-fourrier calligraphie déjà l'adresse. Les vers sont de moi. Ce matin, arrivée du piano, forme *crapaud*, le piano à queue ramassé, réduit, pour fréquents changements de garnison. Et voilà que la curiosité me gagne aussi de connaître la petite reine pour qui s'enfièvrent tous ces préparatifs. Seulement, quelquefois, en balayant notre nouveau logis, je songe que si Mlle Julia, au lieu de naître à La Chapelle, était née rue des Francs-Bourgeois comme son heureuse rivale, ce joli nid serait pour elle. A quoi tiennent les choses !

IV

HYMÉNÉE

Après une semaine de mariage, nos jeunes époux sont partis pour le pays de mon lieutenant. Ils n'ont pas sacrifié à cette étrange coutume qui consiste à sauter en wagon dès le premier soir et à éparpiller de chambre d'hôtel en chambre d'hôtel des émotions toutes neuves. Non. Ils ont eu le bon esprit de s'accoutumer l'un à l'autre dans leur tranquille logis et de ne voyager qu'après connaissance faite. Je les en ai secrètement félicités. Maintenant, ils vont passer là-bas le restant de leur congé. Car ils ont obtenu une permission de trente

jours, les heureuses gens. C'est une rare
faveur, qu'on n'obtient guère que pour une
cause de mariage ou de convalescence.

Profitons du demi-repos que me vaut leur
absence pour noter ici les impressions de cette
dernière quinzaine.

Et, tout d'abord, parlons de madame. Je
l'ai vue pour la première fois quelques jours
avant le mariage. Elle venait visiter ce nid que
nous embellissions, mon lieutenant et moi,
depuis un mois avec tant de soins. Madame
est grande avec une taille fine à faire peur.
Elle est brune et ses cheveux font sur son
front deux coques noires et brillantes comme
des visières de képi numéro un. En la voyant,
je n'ai pas pu m'empêcher de songer à Mlle Julia, qui était plutôt, au contraire, ronde, petite et blonde. Et pourtant, mon lieutenant a
aimé Mlle Julia; il l'a trouvée jolie, et voilà
qu'aujourd'hui il aime et il trouve jolie madame. Ce sincère et brusque passage de la
blonde à la brune me fait songer à un mot de
notre directeur au journal : « Il en est des
convictions comme des chemises : pour qu'elles

soient toujours propres, il faut en changer
souvent. »

Ce n'est pas que je désapprouve mon lieutenant. Loin de là. Car madame m'a beaucoup
plu. Elle m'a semblé gaie, simple et prête à
l'indulgence. Ce n'est pas une personne fière
non plus : en quittant l'appartement, elle m'a
envoyé un joli petit sourire avec un léger salut de la tête, pour bien montrer qu'elle me
connaissait. Et, lorsque, dans une phrase pim-
pante et très bien tournée, elle a rendu hommage au bon goût et aux soins qui avaient
présidé à cette installation, j'ai compris qu'une
part me revenait de ces compliments. En
somme, l'impression est excellente et mes
préventions sont tombées.

J'avais aussi des appréhensions au sujet de
la cuisinière. Et cela se conçoit. Je dois vivre
à côté d'elle et, sinon exécuter ses ordres, tout
au moins lui rendre de menus services. J'avoue
que, de ce côté, j'ai lieu de me montrer moins
satisfait qu'à l'égard de madame. J'ai vu Rosalie la veille du mariage; elle venait prendre
possession de sa cuisine. Or, Rosalie a cin-

quante ans. Elle a fait toute sa carrière dans le métier militaire et elle en garde une autorité un peu brusque de vieux général. Loin de moi la pensée de blâmer madame et mon lieutenant d'avoir élu ce vétéran. Je pénètre, au contraire, les raisons de ce choix. Jeunes tous deux, ils ont voulu près d'eux une personne d'expérience ; peut-être aussi ont-ils jugé sage de placer près de moi une personne d'âge canonique. Quoi qu'il en soit, je la trouve un peu trop autoritaire et de silhouette un peu trop lourde. La barbe grisonnante et folle qui pousse sur son menton gras ne rappelle que de très loin, par exemple, le pur et plein ovale de Mlle Julia. Et le plaisir des yeux tient tant de place dans la vie ! Et puis cette Rosalie a, entre autres, une bien mauvaise habitude : elle a eu tant d'ordonnances à ses côtés, pendant ses trente années de service militaire, qu'elle craint de confondre leurs noms. Aussi a-t-elle pris le pli de les appeler tous par un vocable unique et quelque peu méprisant : « Le bleu ». Pour elle, tout soldat n'est jamais qu'un conscrit. Elle est sûre de

ne jamais se tromper. Et voilà comment, tant
que je resterai au service de mon lieutenant,
je serai toujours pour la cuisinière Rosalie :
le bleu.

Le lendemain eut lieu le mariage. A propre-
ment parler, je n'étais pas invité. Mais comme
un lunch assis, chez les parents de madame,
devait suivre la double cérémonie, je fus prié
d'aider au service. J'en profitai pour assister
à la cérémonie nuptiale. Ces scènes tradition-
nelles ont été trop souvent jugées et décrites
pour que j'en tente ici une critique et une esquisse nouvelles. Je dirai seulement le vio-
lent désir que j'éprouvai, à la fin de la cérémonie, de défiler à la sacristie, pour affirmer plus
sincèrement que beaucoup d'invités, sans
doute, mon dévouement à madame et à mon
lieutenant. La modestie de ma situation m'en
empêcha. C'est d'ailleurs une chose remar-
quable que les élans les plus généreux, les
plus touchants que nous soyons tentés de
suivre, sont précisément ceux auxquels notre
timidité nous empêche d'obéir. Ce qu'il y a de
plus joli, de plus charmant dans notre vie,

c'est justement ce que nous voudrions dire et faire et que nous n'osons ni dire, ni faire.

Le lunch fut aussi ce que sont tous les lunchs. Les tables furent prises d'assaut, avec cette hâte discourtoise où la fringale l'emporte sur l'éducation. Ventre affamé n'a pas d'oreilles : c'est sans doute pour cela qu'il oublie le bon ton.

Les groupes sympathiques formés, les camarades de régiment de mon lieutenant se trouvèrent réunis en une assemblée bruyante et joyeuse. Je me spécialisai dans leur service. Il me sembla ainsi rester presque militaire et moins descendre au rang de maître d'hôtel. Le nombre de bouteilles de champagne que je débouchai pour ces jeunes officiers est considérable. Et de même que le cuisinier se rassasie en respirant l'haleine de ses plats, de même je fus étourdi d'une ivresse naissante à verser tant de champagne. Aussi mes souvenirs sur le restant de la journée sont-ils un peu troubles. Je crois bien que je dînai avec les domestiques de nos beaux-parents et que je me montrai fantaisiste et brillant comme dans tous ces moments de griserie légère où l'on échappe à soi-même.

Par une pudeur délicate, madame et mon lieutenant avaient décidé qu'ils rentreraient seuls ce soir-là dans notre garnison. J'ai su depuis qu'ils avaient dîné au *Grand-Monarque*, l'hôtel où prennent pension les officiers supérieurs. Nous ne les revîmes que le lendemain matin, où Rosalie et moi prîmes officiellement notre service auprès d'eux. Cette entrée dans une vie nouvelle se manifesta pour moi d'une façon sensible : je quittai le costume militaire pour revêtir une tenue civile. Je trouvai dans la cuisine un complet sombre, des cols, des cravates blanches et cette casquette cirée, au liséré rouge, que les ordonnances ont depuis longtemps baptisée du nom pittoresque et significatif de *tampon*. Pudiquement, je changeai de vêtements dans l'office.

Alors s'écoula une semaine ensoleillée, délicieuse, où le bonheur de madame et de mon lieutenant rayonnait, éclairait les pièces et nos visages. Ils se levaient tard, n'étaient guère prêts qu'à l'heure du déjeuner. Je leur

présentais les plats, un peu timide, un peu
ému les premiers jours, lorsque je me pen-
chais vers madame : j'avais toujours peur de
renverser de la sauce sur sa robe de chambre
en dentelles. Et je voyais arriver le dessert
avec un grand soupir de soulagement. Le
soir, vers cinq heures, tous deux filaient sur
Paris. J'apprenais par leur conversation de
table, le lendemain, qu'ils allaient au théâtre,
au restaurant, pour profiter de leur congé.
Quant à moi, avant de rentrer au quartier,
j'aidais Rosalie. Elle voulait bien, le plus souvent, me retenir à dîner. Elle me racontait
ses places précédentes (j'allais dire ses campagnes) et je comprenais, devant sa vieille
expérience, que je méritais presque à ses yeux
le nom de *bleu*.

Et puis, hier, madame et mon lieutenant
sont partis à l'autre bout de la France. La
maison nous semble vide, froide et sombre.
Je les regrette sincèrement et j'ai grand'hâte
de les voir revenir. C'est peut-être la première fois qu'un militaire souhaite de voir la
fin d'une permission de trente jours !

V

COURRIER DU SOIR

Ah ! le bon moment... Étendu dans les bras
d'un fauteuil de cuir d'une douceur d'édre-
don, les jambes croisées, le cigare retenu
d'une main paresseuse, je regarde venir la
nuit. Devant moi, la photographie de madame
sourit. Tout l'arrangement coquet du bureau
de mon lieutenant, l'encrier de bronze, la
lampe de fumeur en cuivre, la pendulette active, le classeur en vernis martin, tout cela se
fond, se noie dans l'ombre. Depuis leur départ, j'ai pris l'habitude de venir passer
l'après-midi dans ce cabinet confortable. Il

me semble qu'à me glisser dans le moule de
leur existence, je les sens moins loin de moi.

Et puis, on est si bien pour écrire. C'est ici
que je fais ma correspondance. Même, la pro-
vision de papier de mon lieutenant s'épuise.
D'autant plus que par un sentiment prudent
de convenance, je suis obligé de laisser
quelques feuilles dans la boîte, comme quelques cigares dans l'étui, quelques doigts de
liqueur au fond des flacons. Voilà qui aug-
mente encore ma satisfaction de leur retour
prochain. Il est temps qu'ils rentrent.

Aujourd'hui encore, il m'a fallu répondre à
deux lettres. La première était de Rosalie, la
cuisinière. Chaque fois qu'elle suit ses patrons
en permission, il paraît qu'elle reste en correspondance avec l'ordonnance demeuré dans
la garnison. C'est une habitude de trente ans
de vie militaire. Elle prétend qu'il ne faut
jamais perdre le contact avec les services de
l'arrière. Je suppose qu'elle a contracté cette
innocente manie à une époque où ses rela-
tions avec les ordonnances étaient moins platoniques qu'aujourd'hui. Pour me servir

comme elle d'expressions techniques, elle assurait ses derrières.

Cette excellente Rosalie me donne des nouvelles de madame et de mon lieutenant. Excellentes, d'ailleurs.

Sa vieille expérience de cuisinière lui a même suggéré un moyen d'enquête des plus subtils sur l'état de santé physique et morale de ses maîtres. Elle regarde, d'après les assiettes et les plats qui lui font retour, comment chacun mange. Et, de fait, malaise ou contrariété ont pour premier effet de couper l'appétit. Or, il paraît que, là-bas, on consomme éperdument. Et Rosalie de se livrer, sur cette fringale, à des réflexions maternelles, attendries et légères.

Pour moi, j'ai cru bien faire en contant dans ma réponse quelques anecdotes glanées dans les diverses cuisines de la maison. Car l'immeuble est militairement habité. Comme dit le concierge avec son lent esprit d'escalier : « On pourrait mettre sur l'écriteau : Eau, gaz et officiers à tous les étages ». En particulier, j'ai rapporté à Rosalie une indis-

crétion commise en ma faveur par l'ordonnance du commandant Porot, qui habite juste
au-dessous de nous. Il paraît que la veille du
départ de madame et de mon lieutenant, le
commandant a demandé, au déjeuner, s'il n'y
avait eu personne de malade chez nous pendant la nuit. Car il avait entendu marcher à
plusieurs reprises. Quelle candeur, n'est-ce
pas ?

Mais j'ai déjà remarqué que les hommes
ont une tendance à devenir plus naïfs en
même temps qu'ils vieillissent et que leurs
idées, comme leurs cheveux, tournent au
blanc en prenant de l'âge.

Je n'ai pas manqué non plus de raconter à
Rosalie les angoisses de notre voisin de palier,
le nouvel ordonnance du capitaine. Tout frais
dans le métier, il s'éclaire volontiers de mes
lumières. Et hier, après bien des hésitations,
bien des détours, ne m'a-t-il pas demandé où
pouvait se trouver cette *troisième* personne à
laquelle madame lui recommandait toujours
de parler ?

Enfin, je terminais ma lettre en annonçant à

Rosalie l'envoi de ses livraisons. Elle a la
fâcheuse habitude d'acheter, deux fois par
semaine, de ces romans-feuilletons découpés
en tranches minces, et il lui est impossible de
s'en passer un mois. Voilà pourquoi j'ai expé-
dié ce matin, par la poste, le *Secret du Mort*,
Mortel amour, et *Morte et vivante !* Soyons
gais !

J'ai longtemps retourné la seconde lettre,
avec ma manie de chercher la signature
d'après les cachets de l'enveloppe. Mais malgré le nom, familier à mes yeux, de la rue
Doudeauville inscrit dans le cercle du timbre
humide, je n'osais pas deviner : Mlle Julia
m'écrivait, à moi !

Je n'en avais plus entendu parler depuis
deux mois, depuis cette fatale entrevue où
l'absence de son portrait l'avait éclairée sur
les sentiments de mon lieutenant... Mais
après le premier moment de joie et de fierté,
un vague malaise me vint de cette lecture.
Je n'y retrouvais pas Mlle Julia, sa placidité
souriante, sa bonne grâce que la nouvelle
même du mariage n'avait pas su ternir. Non.

Une sorte d'irritation, d'inquiétude, plutôt,
courait sous les mots. J'en cherchai vainement la source.

Je ne pense pas qu'elle éprouve de diffi-
cultés matérielles. Elle n'a jamais quitté sa
maison de modes. Ce n'est pas sur sa mince
solde — sept francs par jour — que mon lieutenant pouvait l'aider à vivre. Je ne vois donc
pas qu'à ce point de vue la rupture ait amené
un changement quelconque dans son existence.

Le chagrin, alors ? Elle est bien trop fière,
sous son apparence calme, pour s'attendrir,
même devant un simple ordonnance comme
moi. Et puis, pourquoi aurait-elle attendu
deux mois, deux grands mois ?

Les phrases interrogatives, un peu mo-
queuses : « Que devenez-vous ? Êtes-vous heureux ? » sans rien préciser, témoignent plutôt
d'un désir de reprendre contact, de s'assurer
de notre présence. Mais pourquoi ?

Dans ma réponse, j'ai observé une réserve
analogue. Non pas, grand Dieu ! que j'eusse la
moindre méfiance. Tout au contraire, j'aurais

tellement voulu saisir cette main tendue, la retenir bien fort... Mais, à mes yeux, elle reste encore « l'amie de mon lieutenant ». Rien qu'à mes yeux, d'ailleurs. Et c'est parce qu'elle n'est plus rien ici que je n'ai pas osé lui parler de notre intérieur, de notre vie nouvelle. Pourquoi lui déchirer le cœur inutilement? Alors je lui ai parlé de moi, en m'en excusant. Et de la façon la plus simple, la plus sincère, je l'ai assurée de mon dévouement. Quelque chose de caché entre les lignes de sa lettre me dit qu'elle en aura peut-être besoin.

VI

PÉRIL

Un grave péril nous menace. Moi seul le sais. Mais comment l'empêcher d'éclater? Est-ce possible? Nous étions si complètement heureux... Voilà bien ce qui rend ce danger si injuste, si épouvantable : c'est le spectacle même du bonheur qu'il va briser.

Vraiment, une maison bénie comme est la nôtre devrait attendrir le sort. On dirait, au contraire, qu'il s'en irrite. Tout allait si bien, chez nous. L'air était si clair, si gai, si bon à respirer, grâce à ce joli parfum dont madame a le secret. Tous deux avaient pour moi l'indulgence distraite des gens heureux. Le service était facile et léger. Et il y avait tant de joie à la maison, que j'en pouvais prendre ma part sans léser personne. Ce n'est point une image, d'ailleurs. Les soirs de lumière et de brillant vacarme où madame et mon lieutenant s'entouraient d'amis, je profitais des reliefs de la bonne chère. J'arrivais même à des menus extraordinaires. Je mangeais, par exemple, le même soir : 1° ma gamelle, que j'absorbais à cinq heures, à la caserne ; je n'insiste pas sur les rudes qualités de ce plat trop connu ; 2° une patte de homard à l'américaine ou bien une aile de faisan. Je devais ces mets délicats à la générosité de Rosalie, la cuisinière. Nous les dégustions ensemble, dans le calme et la paix de la soirée qui suivaient le coup de feu du dîner ; 3° une part de *diplomate*, l'entremets préféré par madame, parce qu'il remporte les suffrages de tous ses convives. Le *diplomate* est glacé d'apparence et ne contient qu'une mousse légère et sans consistance. Vous voyez l'allusion ironique. J'en ai fait goûter la saveur à Rosalie, qui ne l'avait pas saisie.

Si je cite ces petits faits, c'est pour rendre
sensible le bien-être heureux dont je jouissais,
bien-être qui n'était lui-même que le reflet,
la part du pauvre, du grand bonheur de
madame et de mon lieutenant. Tenez, un
autre exemple : le tabac. Jamais fumeur ne
se vit à pareille fête. Mon lieutenant marque
un faible pour les cigarettes d'Orient. Moi
aussi. Comme les boîtes traînent partout,
je n'avais qu'à y puiser discrètement. C'est
une coutume admise. Ce n'est pas un acte
plus répréhensible pour un ordonnance que
la fraude à l'octroi pour un civil. Il en va de
même encore pour les liqueurs. Nous avons
droit à une petite dîme. Là, par exemple,
je reprocherai à madame son goût exagéré
pour la chartreuse. Ma passion pour le kum-
mel fut rarement assouvie. Mais j'étais bien
heureux tout de même.

Si je rappelle sans honte ces petits larcins,
c'est, je le répète, que je les jugeais innocents.
Mais je jure bien que je n'ai jamais dérobé un
centime. Ce n'est pas la même chose. Et pourtant, mon lieutenant laisse de l'argent plein

ses poches. Je dois toujours les vider avant de secouer ses habits. Touché par tant de confiance, je m'en suis toujours montré digne. Et madame ! Elle laisse traîner toutes les lettres qu'elle reçoit. J'en retrouve sur le lit, sur la toilette, partout où elle passe. On pourrait la suivre à la trace. Je jette parfois un coup d'œil sur ces petits papiers aux parfums et aux couleurs de fleurs, par une sorte d'habitude tutélaire que j'ai contractée au temps de notre célibat. Je vois que l'aimable jeune femme a crié son bonheur et qu'on l'en félicite. Elle rayonne de la joie, et ces lettres lui en renvoient le reflet.

Et songer qu'une terrible catastrophe menace tant de grâce et de bonté ! Car en vain je m'égare parmi mes souvenirs heureux. Il faut revenir au danger et le regarder en face. Sous ce foyer riant, une mine est près d'éclater. Je l'ai découverte ce matin même. Je rentrais à la caserne pour la soupe de dix heures, lorsque devant la porte je me trouvai devant Mlle Julia. Pour la troisième fois elle surgissait pour ainsi dire dans ma vie

comme une sorte d'apparition inattendue.
La première fois, sa visite inopinée, en l'absence de mon lieutenant, m'avait révélé son
existence ; la deuxième, elle avait appris de
moi, à la faveur de mon trouble, la nouvelle
du mariage ; mais, cette fois-ci, la brusque
présence de Mlle Julia me surprit plus encore
que les deux premières. J'avoue à ma honte
que son souvenir s'était estompé dans ma
mémoire. Des images plus brillantes et plus
neuves s'étaient posées sur la sienne. Mais
plus encore que le remords d'un tel oubli, la
crainte d'un événement fâcheux m'assaillit à
sa vue. Comment expliquer sa présence évidemment voulue, surtout connaissant sa
réserve ? Je ne me trompais pas. En quelques
mots prononcés d'une voix brève, sèche, nouvelle, elle m'apprit la vérité : dans quelques
mois elle aurait un enfant, dont mon lieutenant
serait le père.

— Il ne le sait pas ? balbutiai-je.

— Non.

Elle était venue à moi d'instinct, comme à
l'humble confident du temps passé, dont elle

avait pu mesurer en de menues circonstances
le dévouement fidèle, au voisin du faubourg
devant lequel l'aveu ne coûte pas, peut-être
aussi au scapin dégourdi qui trouverait pour
la sauver quelque ressource dans son sac.

Hélas ! le sac me semblait bien vide. Bou-
leversé, attendri aux larmes, je cherchais
vainement des mots consolants. Une pensée
me hantait seule : éviter un éclat, gagner du
temps.

Je demandai à Mlle Julia si elle avait dé-
jeuné. Sur un geste détaché, navrant, je l'en-
traînai vers un petit café, tout près de la gare.
Nous nous assîmes face à face à la terrasse,
sous une tonnelle. Je songeai ironiquement
que nous devions sembler deux amoureux.
Ma compagne se taisait. Ce voyage, cet aveu
semblaient avoir épuisé toute son énergie. La
surprise et l'émotion fauchaient la mienne. Et
puis, je ne sais rien de plus triste que ces
petits cafés auprès des gares. On ne s'y arrête
que dans l'attente des départs et des sépara-
tions, et les boissons y gardent toujours
comme un goût de larmes.

Avec effort, j'interrogeai encore :

— Que comptez-vous faire ?

— Je n'en sais rien.

Je compris que, dès la certitude de l'événement, elle avait uniquement songé à me consulter, sans chercher plus loin. Un peu de calme et de fierté m'en revient. Mais je craignais encore quelqu'un de ces fréquents hasards qui mettent face à face deux êtres qui ne se doivent point rencontrer. Si mon lieutenant voyait Mlle Julia ? Si madame me surprenait en sa compagnie ? Je n'eus de cesse qu'elle fût partie. Je la remis en wagon avec la promesse sincère de réfléchir et d'aviser.

Et maintenant me voici bien embarrassé du rôle que j'ai accepté. Ah ! si j'étais encore au journal, je tirerais de cette aventure un feuilleton que notre directeur accepterait sans doute des deux mains. Mais il ne s'agit pas de roman. Il s'agit d'éviter un scandale. Et cela ne me paraît pas facile. Pourtant, rien ne serait plus injuste et par conséquence plus cruel. Aucun des acteurs de ce petit drame n'est coupable, ou plutôt ne se sait coupable. Mon

lieutenant ignore la vérité. Mlle Julia? Lui
aurait-il donc fallu ne pas se laisser aimer ?
Et quant à madame, elle serait la plus innocente de toutes les victimes de cette catastrophe. Je me révolte à la seule pensée de la
voir pleurer. Et pourtant qui sait si Mlle Julia,
exaspérée, affolée par l'abandon, ne se laissera
pas aller à quelque parti extrême ? De quelque
côté que je me retourne, je cherche vainement
une issue.

Cet après-midi, madame a dit devant moi
qu'elle voudrait des fleurs des champs pour
garnir ses vases. Sans en rien dire, j'ai dévasté
les prairies qui entourent la ville. Je lui ai
rapporté une gerbe plus grosse que la taille de
Rosalie. Il me semblait lui demander ainsi
pardon de la peine que je ne saurai peut-être
pas lui éviter.

VII

L'ÉPÉE DE DAMOCLÈS

J'écris ces notes à la salle de police, où je
suis depuis deux jours et pour deux jours
encore, par les soins de mon lieutenant.
Tandis que je tiens son sort dans mes mains
et qu'il suffit d'un mot tombé de ma bouche
pour assombrir peut-être à jamais sa vie, lui
me boucle pour une peccadille. Le sort a de
ces ironies. Est-ce bien même une peccadille?
J'en suis encore à me le demander.

Un matin où madame était au marché aux
fleurs, je me suis servi des rasoirs de mon
lieutenant. Ce sont d'admirables rasoirs an-

glais, de ces rasoirs qu'on n'achèterait jamais
soi-même, mais qu'on reçoit volontiers en
cadeau, fins comme du papier de soie et qui
rendent sous le doigt un son de clochette
d'argent. C'est un plaisir d'en user. On se les
promène sur la joue et on se refait une peau
d'enfant. J'ajoute qu'à la caserne il fait sombre à l'heure du lever ; on n'y dispose que d'un
méchant éclat de miroir pour toute une chambrée ; on risque toujours de s'enlever le menton. Ici, au contraire, dans le cabinet de
toilette, le plein jour tombe dans une confortable glace à trois faces. Pourquoi se priver de
tels bienfaits ? Eh bien, mon lieutenant ne par-
tage pas mon opinion. Il m'a surpris, je me
suis cruellement coupé, lui s'est fâché tout
rouge, jusqu'à proférer les paroles les plus
blessantes. N'a-t-il pas trouvé que c'était
dégoûtant ? Il est étonnant, ma parole ! Voilà
bien les préjugés. Mon lieutenant me donne
ses vieux vestons, ses vieux cols, ses vieilles
cravates, et il ne veut pas que j'use de ses
rasoirs. Et chez les coiffeurs, pourtant, est-ce
que la même lame ne racle pas cent figures ?

Et encore le patient ignore les quatre-vingt-dix-neuf autres. Tandis que mon lieutenant connaît la mienne.

Ah ! il a bien choisi son moment pour me coffrer. Justement, j'avais revu Mlle Julia, la veille. Comme l'autre fois, un mois plus tôt, je l'ai retrouvée devant la caserne, à l'heure de la soupe. Je l'ai conduite au triste petit café de la gare. Elle venait savoir, la malheureuse, si j'avais trouvé quelque biais, quelque moyen décent de tout arranger, de ne pas les laisser à l'abandon, elle et son mioche, aux heures de l'épreuve. Pardieu, oui, j'avais réfléchi. Et, le premier moment d'affolement et de crainte passé, une solution toute simple m'était apparue : prévenir mon lieutenant moi-même, éviter la démarche ou la lettre que des tiers peuvent surprendre, obtenir de sa générosité un peu de bien-être et de tranquillité pour la pauvre fille. Mais aussi que d'obstacles sur cette route qui semblait si droite ! Désormais, mon lieutenant aurait un secret dans sa vie. Il lui faudrait dissimuler la vérité, dérober au foyer une petite part de son temps, de ses ressources, peut-être de son affection. Au choc de cette nouvelle, une fissure s'ouvrirait dans son bonheur. Et puis, rira qui voudra de ce scrupule, mais il me semblait que mon lieutenant serait très humilié d'apprendre un tel événement d'un pauvre soldat-ordonnance comme moi. Ah ! si je pouvais lui laisser tout ignorer sans que Mlle Julia en pâtisse ! Si je pouvais lui éviter le poids terrible de cette responsabilité, de ce remords et de cette charge ! En tout cas, il dépend de moi de le lui laisser tomber dès maintenant sur les épaules. Et je me tais. Soutin, mon vieil ami, convenons qu'il y a encore de belles âmes, même à la salle de police.

J'ai exposé toutes ces hésitations à Mlle Julia. Mais elle, d'ordinaire si calme, si douce, m'a semblé cette fois plus nerveuse et plus irritable. On changerait à moins. Le souci de son enfant la transforme. Ces messieurs du journal, qui disent pompeusement des choses simples, déclareraient qu'il pousse à cette chatte des griffes de tigresse.

Enfin, j'ai pu obtenir d'elle un peu de patience nouvelle. La nature lui laisse encore trois mois de répit. Je lui en ai demandé un seul. Quatre semaines pour réfléchir, tourner la question sur toutes ses faces, et choisir la meilleure. Ah ! c'est bête comme huit jours de consigne, cette situation-là. La ressemblance est frappante entre les deux accidents. Il faut, dans les deux cas, tendre le dos, recevoir la tuile, et ne songer à l'injustice du sort qu'en subissant le dommage. Je voudrais tant la sauver, la malheureuse, en souvenir du passé, de toute l'humble admiration que j'ai nourrie pour elle pendant un an, de notre fraternité de faubouriens. Mais j'éprouve en même temps un désir aussi vif et contraire : laisser tout à fait intact le bonheur de mon lieutenant et de madame.

Au fond, pour être bien franc, c'est madame qui me fait le plus pitié. En somme, elle n'a été mêlée à rien. Elle n'est responsable de rien. Elle n'a pas de passé, pas d'histoire. Et quelle douleur imméritée, si elle apprenait, soit par un scandale, soit par une lente divination,

l'existence, tout contre elle, de ce pauvre roman honteux ! Elle ne pourrait pas, comme
moi, comprendre la part de fatalité qui s'y
est mêlée : l'extrême réserve de Mlle Julia,
l'ignorance où mon lieutenant, où elle-même,
se trouvaient des suites de leur liaison au moment de la rupture. Elle ne verrait que le fait
brutal, l'enfant hors du mariage. N'en serait-
elle pas à jamais froissée dans sa confiance,
dans sa tendresse ?

Elle est si délicate, si fragile, plutôt. Tout
ce qui la touche, tout ce qui l'habille, est si
menu, si fin. Le matin, quelquefois, pour aider
Rosalie, je cire les petits souliers de madame.
Je n'y peux enfoncer que deux doigts à la fois.
Je me noircis régulièrement le reste de la main.
Mais je me demande comment son pied peut
y entrer, et comment une personne de sa taille
peut se tenir sur une si petite base. Elle doit
voltiger un peu en même temps. Ce n'est pas
possible autrement. Et ses robes, est-ce assez
coquet? Il m'arrive aussi de les brosser. Il paraît qu'elle met plusieurs jupes les unes par-
dessus les autres, et ce sont précisément les

plus riches en volants, en dentelles, qui sont
cachées par la plus simple d'étoffe et de fan-
freluches. C'est du moins ce que m'a dit Rosalie, mais je me demande si elle n'abuse pas
de mon ignorance en toilette de luxe pour se
moquer agréablement de moi. Enfin, toutes
ces précieuses parures de poupée me rendent
madame encore plus digne d'égards et de soins.
C'est absolument comme ces terribles petites
statuettes de porcelaine qu'ils appellent des
saxes et que je tremble toujours de casser
lorsque je les essuie dans le salon. Toucher à
l'une de ces figurines, c'est risquer de la briser.
C'est la crainte qui me hante pour madame.

Et cependant la planche est dure, à la *boîte*.
Si l'endroit est propice aux longues réflexions,
la nature même de ces réflexions devrait se
ressentir de l'hostilité du lieu. Après tout,
n'est-ce pas, je suis de la classe? Dans six mois
je rentrerai dans mon grand Paris. J'espère
bien qu'on me reprendra au journal. J'y ai de
sérieux appuis parmi les privilégiés dont je
faisais passer la carte avec un tour de faveur.
Et une fois dans la fournaise, je perdrai bien

vite le souvenir de madame et de mon lieutenant. Loin des yeux, loin du cœur. Si je me
lavais les mains de toute cette affaire, après
tout ? Oui, le plus simple, ce serait encore de
laisser agir Mlle Julia, dont la patience montre
la corde. Ma foi, je n'imagine guère ce qu'il en
adviendrait. Mais les soucis d'un ménage que
je ne verrai plus de ma vie m'importeront peu.
Dieu ! que cette planche est dure !

VIII

DÉNOUEMENT

Vraiment, ce soir, je ris de l'embarras factice que je m'étais créé. Ou veiller sur la paix amoureuse de madame et de mon lieutenant, ou bien assurer du secours à Mlle Julia aux jours d'épreuve, ou enfin laisser s'agiter en dehors de moi tous les acteurs de ce petit drame... Il me semblait que je me heurterais toujours à l'une de ces solutions-là, et que je n'en pourrais jamais sortir. J'étais prisonnier de la situation. Simple esprit ! Mon aventure me rappelle celle de ce brave homme ivre qui, se heurtant la nuit à la grille dont est enclose la colonne Vendôme, se mit à la longer, à la longer sans cesse, et rencontrant toujours des barreaux, s'imagina qu'il était enfermé. Pourtant, il avait le libre espace devant lui.

Et moi aussi, j'avais le libre espace devant moi. Pourtant, il m'a fallu une inspiration subite, une de ces idées qui vous traversent la cervelle en éclair, pour me montrer le libre horizon.

Voici comment j'ai reçu ce coup de foudre. Mlle Julia ne donnait plus signe de vie. Au milieu de mes tergiversations, ce silence me gênait comme un reproche, comme un remords. Et ma foi, par un splendide dimanche, ma permission en poche, je pris le train pour Paris et m'acheminai d'un pied léger vers le boulevard Barbès, où demeurait l'ancienne amie de mon lieutenant.

Ce vieux quartier où j'étais né, où j'avais vécu jusqu'à l'âge d'homme, où, mes parents morts, je n'étais jamais plus retourné, me pénétra de cet attendrissement doux et mélancolique que doivent éprouver ceux qui revoient leur pays natal après une longue absence. Les trottoirs

étaient encombrés d'une foule énorme d'ouvriers en famille, mêlée de quelques mauvais
gas ricaneurs et de jolies filles un peu tapa-
geuses. Tous avaient pour moi ce regard à
l'uniforme qui n'est pas sans douceur. Car
j'avais revêtu ma grande tenue qui, dans ma
pensée, devait m'aider à vaincre cette timidité
dont je ne sais pas me défendre devant un concierge inconnu. Des marchands vendaient, je
me rappelle, des bouquets faits de dragées
collées sur un carton. L'envie me prit d'en
acheter pour Julia. Mais j'eus peur d'une maladie, d'une disparition, et je songeai à la triste
figure que je ferais avec mon cornet de papier
blanc à la main, au seuil de la maison vide.

Je me présentai, le cœur serré de ces transes,
devant le terrible concierge. Il m'apprit, en
quelques furieuses réponses jetées comme un
os à un chien, que Mlle Julia demeurait au
quatrième et devait être chez elle. Je n'en demandai pas plus. Je franchis les quatre étages
d'un élan. Je sonnai. Mlle Julia vint m'ouvrir.
Et dans la pénombre de l'entrée :

— Eh bien ? interrogea-t-elle.

Je souffris alors de n'avoir rien à lui apprendre :

— Je venais... Je craignais... Je voulais savoir comment vous alliez.

Nous étions dans la chambre. Mlle Julia eut un petit sourire triste, si triste :

— *Nous* allons bien.

Jé la considérai. Sa pauvre figure était très fatiguée, comme si le poids de son corps alourdi tirait ses traits. Elle se montrait courageuse, mais lasse. Elle craignait de ne pas pouvoir continuer sa besogne. Car, employée au réassortiment chez sa modiste, elle devait souvent partir en course.

— Je ne peux pourtant pas prendre de voitures...

Et toujours son sourire si triste. Sous son doux abattement, elle laissait parfois deviner sa révolte. Quelquefois, quand on prend un peloton de laine, on rencontre la pointe d'une aiguille sous la main. J'éprouvai, à quelques traits qu'elle lança, cette sensation désagréable.

A part ces brusques détentes, ces sursauts

contre le joug d'un sort trop injuste, elle s'a-
bandonnait, languissante, vaincue. Comme
elle ressemblait peu à cette rayonnante personne que j'avais connue si loin de moi, con-
fondue dans mon respect hiérarchique avec
mon lieutenant lui-même, et à laquelle ne
m'attachait alors que le fil ténu de notre commune origine ! Maintenant, elle me paraissait
toute pareille à moi, aussi humble, aussi enfant de faubourg, toute rapprochée, à portée
de la main... Et c'est alors que l'idée merveil-
leuse me traversa la cervelle.

J'eus le courage de la taire. Mais, dès qu'elle
m'eut montré ma voie, il me fut impossible
de tenir en place. Je pris congé de Mlle Julia
et je lui promis de revenir dans la soirée avec
du nouveau. Car j'avais la permission de la
nuit, qui me permettait de prendre le dernier
train.

Ah ! je les employai bien, les dernières
heures de ma permission. Je courus au journal, où j'obtins la promesse d'être repris dès
octobre. On y était mécontent de mon remplaçant, si faible avec le public qu'il n'écondui-

sait jamais personne. Mon pain était assuré.
Peu à peu, je parviendrais peut-être à me glisser dans les bureaux. Où ne parviendrais-je pas,
avec de la volonté et du savoir-faire ? Je voltigeais au ras du trottoir. J'oubliai même de
saluer un sous-lieutenant, qui m'apostropha
sans toutefois s'arrêter. Ah ! si les officiers
savaient à quoi rêve parfois le soldat qui ne les
salue pas...

Il était sept heures à peine quand je rentrai
chez Mlle Julia. Et là, tout à trac, oubliant mes
effets, mes phrases projetées, ce goût un peu
théâtral que nous apportons même dans les
plus graves circonstances de notre vie, je lui
demandai tout simplement si elle voulait bien
se marier avec moi...

Elle jeta un petit cri et s'abattit contre moi,
comme blessée. De tels moments ne se racontent pas.

Elle riait et elle pleurait en tenant à deux
mains ses hanches alourdies. Nous dînâmes
ensemble, dans sa chambre. Je m'occupai de
tout le service. Le métier d'ordonnance est
parfois utile. Et tout en mangeant, nous dé-

couvrîmes que nous nous aimions depuis le
premier jour où nous nous étions vus. Et dire
que, si je ne l'avais pas trouvée aujourd'hui
si malheureuse, si abandonnée, jamais je
n'aurais osé... Que de fois, dans la vie, on doit
ainsi frôler le bonheur, comme un passant
qu'on ne reconnaît pas ! Et il faut qu'il vous
envoie un coup de coude un peu rude pour
que vous l'arrêtiez au passage.

De temps en temps, pour tout avouer, je
pensais à ce petit être qui allait naître dans
quelques mois, qui vivait déjà d'une vie mys-
térieuse et secrète. Il me gâtait un peu ma
oie. Mais, sans lui, aurais-je pris Mlle Julia
pour femme ? Ne lui dois-je pas la satisfaction,
un peu bête, mais si forte, d'une bonne action ?
Et puis, est-ce que ce n'est pas mon lot, à
moi, ces héritages-là : les vestons, les cols,
les cravates, les cigarettes, le papier à lettres,
les liqueurs, et ces fameux rasoirs anglais ?...
Mais cette fois, vraiment, je ne mérite pas
quatre jours de boîte.

L'IDÉE DE M. LE MAIRE

Le jardinier du château mariait sa fille. Pour célébrer dignement cette cérémonie, on ripailla ferme de midi jusqu'à cinq heures et, dès la nuit tombée, on s'attabla derechef. Dans la grange enguirlandée de feuillage, cinquante convives reprirent place. Toute l'élite de la commune : on y comptait le conseil municipal au complet, en redingote de drap fin et cravate noire. A la droite de la mariée, rougissante d'émoi et de chaleur dans le blanc nuage de ses voiles, trônait l'important M. Bourse, maire du village. Même, un caporal de l'armée active, en uniforme, piquait d'une note vive la gamme des toilettes sombres.

La chère fut digne de l'assemblée. De plantureuses filles de ferme apportaient, au bout de leurs bras nus et rouges, des plats monstres qui fumaient comme des volcans. Savinien, le garçon jardinier, ne s'occupait qu'à substituer, aux bouteilles vides, des bouteilles pleines d'un vin épais et noir comme un sang généreux.

Un pauvre se fût repu en humant l'air, tant il était chargé de senteurs de mangeaille.

L'audace et le diapason des propos suivaient un *crescendo* inquiétant. Dès le premier rôti — on en comptait quatre — les convives s'aidaient de leurs mains en cornet, comme de porte-voix, pour se faire entendre. Les femmes lançaient des rires chatouillés, sans perdre une bouchée.

Suivant l'usage, le menu s'aggrava de chansons. Après chaque plat, l'un des invités se levait et, tout aussitôt, dans le silence presque recueilli qui succédait au brouhaha, il expectorait avec conviction des couplets grivois, patriotiques ou sentimentaux. Touchante tradition qui permet aux convives, entre chaque mets, une digestion partielle, favorable aux engloutissements à venir.

Le caporal débuta. Il était fils du cantonnier Sauge, et fort amoureux de sa voisine, la jolie Clara, unique héritière du riche fermier Gigot. Passion d'ailleurs sans espoir, simple *flirt* champêtre, car on ne marie guère, au village, l'opulence et la pauvreté. Gigot eût voulu voir le caporal à l'autre bout de la terre. Le fils Sauge roucoula donc une romance où les petits oiseaux jouaient un rôle prépondérant, et dont Clara se montra fort émue.

Vint ensuite le père Brancicot, vieux célibataire de réputation paillarde et qui lança, d'une petite voix sûrie par l'âge, des couplets plus que légers. Mais nul ne s'en offensa.

Mlle Angélique lui succéda. Couturière de son état, elle avait vu tous les prétendants fuir son logis, chassés par la présence d'une mère acariâtre et qui menaçait de devenir centenaire. Les quarante ans passés de la couturière soupirèrent, entre le veau rôti et les haricots sautés, un tendre appel au pur amour.

Un ban enthousiaste, qui ébranlait les tables, saluait chaque chanson. Puis l'assemblée clamait en chœur :

Il a fort bien chanté !
Buvons à sa santé !

Et l'on buvait. On buvait abondamment, comme on boit chez les autres. Aux bouteilles trop vite vidées, on avait substitué des cruches de haute et ronde taille. On n'eût plus entendu partir un canon. Pourtant, quand, au dessert, M. Bourse, maire de la commune, tenta de se lever, un grand silence plana sur l'assemblée.

Cet important personnage ne chanta pas. Sa grandeur l'attachait à la prose. Il voulait décocher de gracieux souhaits de bonheur aux nouveaux époux. Mais cet homme considérable tenait péniblement debout. Il avait bu tant qu'on lui versait, et ses voisins, pour l'honorer, n'avaient jamais laissé son verre vide. Aussi, les idées ne germaient plus dans sa cervelle imbibée comme une éponge. Ou, tout au moins, les mots ingrats qui les devaient traduire s'enfuyaient-ils avant de parvenir aux lèvres de cet homme de bien.

Fouillant une mémoire chavirée, il n'y retrouva que des fragments d'allocutions anciennes. Et soudain, la poitrine heurtée de grands coups de poing, il affirma son attachement à la République, sa fidélité aux institutions en vigueur. On l'applaudit d'autant plus qu'on saisissait moins l'opportunité de cette profession de foi.

Puis, les alcools circulèrent, un marc enflammé qui mit le feu à toutes ces ivresses. Les pipes et les cigares s'allumèrent ; un nuage de fumée obscurcit l'éclat des lampes. On se leva.

M. Bourse, la face rouge comme si le vin lui fût sorti par tous les pores, se dirigea, en s'appuyant aux tables, vers le père Brancicot, qui chantait des paillardises aux chastes oreilles de Mlle Angélique. Et tout à coup une idée baroque, une idée de pochard, éclata sous son crâne enflammé. Il s'approcha du couple et déclara d'une voix attendrie :

— Ce n'est pas bien, père Brancicot, ce que tu fais là, de détourner les jeunesses. Non, non, ce n'est pas bien.

Et tout à coup, il hurla :

— Faut réparer, n. d. D..., faut réparer tout de suite : faut que je vous marie !

Un éclat de rire formidable, qui fit trembler les lampes, accueillit cette déclaration. Un cercle se forma. On trouvait l'idée piquante.

Le maire, grisé par le succès autant que par la boisson, désigna des témoins :

— Toi et toi. Ne bougeons plus.

Il bredouilla les articles du code et posa les questions d'usage. Se prêtant à la plaisanterie, les futurs conjoints répondaient un « oui » solennel.

Alors, grand comme le monde, M. Bourse déclara :

— Au nom de la loi, vous êtes unis.

Des cris enthousiastes accueillirent ce divertissement inédit. Le père Brancicot, très gaillard, voulut emmener Mlle Angélique.

Enhardi par ce premier succès, M. Bourse clamait violemment :

— Allons, qui est-ce qui veut que je le marie ? C'est moi qui marie ! Faut que je marie tout le monde ici. A qui le tour ?

Il jetait des regards blancs sur l'assemblée toute en joie. Les femmes s'asseyaient pour rire à l'aise et poussaient des cris aigus.

Un loustic proposa :

— Faut marier Clara avec son caporal.

Chacun trouva cette motion fort heureuse. On les alla chercher dans un coin obscur de la salle, où ils s'étaient réfugiés. On les poussa devant le maire, et la cérémonie recommença, au milieu des acclamations.

Gigot et sa femme, perdus dans la foule, se montraient vaguement inquiets. Le père Sauge, le cantonnier, gardait une ivresse morne et digne de vieux soldat.

Quand M. Bourse demanda le consentement des parents, la foule répondit pour eux : « Oui ! oui ». Seul, Gigot, le riche fermier, voulut protester. Mais M. le maire lui déclara, non sans grandeur :

— Tais-toi : t'es saoul !

Et, pour la seconde fois, il prononça, les mains étendues, en un geste de bénédiction :

— Au nom de la loi, vous êtes unis.

La noce s'amusait comme on ne s'amuse plus. On cherchait des fiancés, on en improvisait sur l'heure. Des voix des femmes criaient :

— Moi ! moi !

Cependant, Gigot, dégrisé par l'événement, tenait un grave conciliabule avec sa femme. Elle discutait avec de petits gestes saccadés. Et tout à coup, les bras croisés sur sa poitrine maigre :

— Enfin, si ça comptait ?

Si ça comptait ? C'était l'héritage aux mains de ce Sauge, de ce « sans le sou », les quatre cent treize arpents à ce garçon qui n'apportait pas de bien ? Si ça comptait ?

Aussitôt, la phrase, glapie à voix haute, courut, glaçant l'enthousiasme, métamorphosant les rires en stupeurs.

Étonné de ce silence, M. Bourse s'interrompit au milieu d'une quatrième union. Et tout à coup, il lâcha un juron formidable, étreignit sa tête à deux mains, répétant la phrase de Gigot : si ça comptait ?

Mais il se jugea hors d'état d'y répondre et balbutia, subitement morne :

— Il faut demander à l'instituteur.

Gigot, tremblant pour son bien, s'élança. Il trouva le maître d'école à la cuisine, où il plaçait dans un panier des reliefs du festin. Car il faisait maigre chère chaque jour. En quatre mots, Gigot l'initia à l'idée de M. le maire, attendant anxieusement sa réponse. Et, soudain, il rentra dans la salle du banquet, les bras au ciel, les mains érigées comme des étendards :

— Ça ne compte pas ! Ça n'est pas écrit ! Il n'y a pas eu de publications ! Ça n'est pas écrit !

Et, tout aussitôt, il chercha sa fille. Mais il ne la trouva pas, non plus que le caporal. Alors, toute la noce, soulagée d'une angoisse si pénible, se mit à la recherche des amoureux. On sortit dans le parc, noir de nuit. De longs appels, coupés de rires, s'entre-croisaient :

— Clara ! Clara !

Mais nulle ne répondait. Alors, Brancicot, qui surgit au bras de Mlle Angélique d'un air vainqueur, prononça sous le nez de Gigot éploré :

— Possible que ça ne soit pas écrit. Mais je crois bien qu'ils ont signé tout de même !

LE SERPENT

Le capitaine de Sauval déjeunait chez ses amis Lebourg, en villégiature à Barbizon. Il dédaignait un peu son camarade d'enfance Lebourg, simple architecte, et courtisait assidûment Mme Lebourg. Comme il tenait garnison à Fontainebleau, il avait vivement engagé ses amis à choisir Barbizon comme résidence d'été : dès que son service le laissait libre, il venait les surprendre et s'invitait sans façon.

Au dessert, Mme Lebourg autorisa la cigarette ; même elle voulut en allumer une. Elle s'y appliqua gravement : les sourcils froncés, les yeux clignotants, elle aspirait la fum

entre ses lèvres serrées, puis la soufflait en
toussottant. Bientôt elle y dut renoncer, la
bouche pleine de tabac. Les deux hommes
soulignèrent cette défaite d'un léger rire de
supériorité.

M. Lebourg, qu'un précoce embonpoint
alourdissait, souffrait de la chaleur de juillet.
Il se laissa tomber sur un siège d'osier, qui
jeta un aigre cri sous ce poids.

— Il fait si chaud, déclara l'architecte, qu'on
voudrait quitter sa peau.

Le capitaine de Sauval sourit : il jugeait son
ami trivial. Il vint s'asseoir auprès de Mme Lebourg, devant la fenêtre. Sous le soleil, le
jardin trop neuf séchait. Une simple grille le
séparait de la route, que bordait de l'autre
côté la forêt.

— Et vous ne vous ennuyez pas ? questionna
de Sauval.

— Mais non. On dirait que vous le regrettez.

Elle aimait railler ce désir ardent dont il
l'entourait. Elle s'en amusait avec l'aisance
rieuse d'une honnête femme introublée.

Comme il allait répondre, un plein (ronflement s'éleva du fond de la pièce : la tête renversée, la bouche ouverte, le ventre déboutonné, Lebourg siestait paisiblement.

Silencieux, de Sauval triompha. Mais avec un léger dépit, Mme Lebourg haussa les épaules :

— Laissez-le. Et venez donner du sucre à votre jument.

La fine bête était attachée au tronc d'un arbre, dans le jardin. L'ombre y était rare, les murs aveuglants. On respirait une haleine de four, et les fronts s'emperlaient d'eau, sans qu'on bougeât.

Au delà de la route de poussière blanche, la forêt profonde rafraîchissait les yeux.

— Voulez-vous que nous allions attendre sous de vrais arbres le réveil du maître ? interrogea de Sauval.

Mme Lebourg céda à la tentation.

Et, sous les hêtres, ils trouvèrent, en effet, une ombre reposante, une ombre d'église. La colonnade s'élançait toute drue, la tête perdue dans les nuages de feuilles. De rares rayons de soleil les traversaient, et se heurtaient au tronc des arbres. Du sol, une brume fine de verdure montait ; et l'air lui-même était d'un vert doré de feuille traversée de soleil.

Après quelques pas, Mme Lebourg s'arrêta :

— N'allons pas plus loin.

Elle se sentait moins rassurée, dans cette soudaine solitude. Mais de Sauval lui prit la main :

— Je vous en prie, marchons encore un peu ; nous sommes si bien, nous sommes si loin de tout !

Mais elle se dégagea :

— Nous ne serez donc jamais raisonnable ?

— Jamais. Venez.

Il l'entraînait, un bras passé autour de la taille de la jeune femme. Elle s'efforçait de fuir :

— Mais vous êtes fou !

Alors, l'immobilisant, il lui murmura dans le cou :

— Mais vous le savez bien, que je suis fou, et de quelle folie. Je vous en supplie, ne soyez pas méchante. Ne me faites pas de peine. Voulez-vous que... je vous... demande... à genoux...

Elle fut émue à la pensée de le voir agenouillé dans l'herbe, en uniforme.

Elle tourna son visage vers celui du capitaine et fut frappée aussi de sa subite pâleur.

— Je vous en prie, gémit-elle. Si quelqu'un venait...

— Il ne viendra personne. . Nous sommes bien seuls. Reposons-nous. Tenez, ici...

Il l'entraînait, grisé par cette haleine toute proche, où restait le parfum léger de la cigarette. Il la devinait faiblissante, cédant à cette jouissance de se laisser choir dans le mal, s'abandonnant à la volupté de ne plus pouvoir résister.

Elle murmurait seulement :

— Oh! c'est mal, c'est mal.

Il voulut l'attirer sur un rocher bas, à hauteur de siège.

Mais tout à coup, elle se redressa, se détendit comme un ressort, s'éloigna du capitaine, toute blanche, les yeux arrondis, comme l'image même de l'Epouvante :

— Oh! oh! là : voyez...

Elle désignait le rocher du regard, du

menton, des cils, comme si elle n'osait pas
même avancer le doigt vers cette chose terri-
fiante.

Et de Sauval vit alors, étendue sur la pierre
grise, comme une S gracieuse, taillée dans un
marbre ocellé, une couleuvre qui dormait.

Il s'écria :

— Mais ce n'est rien. Cela ne fait aucun mal.
Attendez : je vais la faire fuir en lui lançant
une pierre.

Il se baissa, furieux de l'aventure, mais elle :

— Non, non. Je vous en supplie. Partons.
J'ai une peur horrible de ces bêtes. Laissez-la,
elle courrait sur nous. Il me semble qu'elle
est déjà sous mes jupes. Ah! n'en est-ce point
une autre?

Elle sautait sur une branche morte.

A nouveau, il tenta de la calmer, de rega-
gner le terrain perdu, de reprendre, quelques
pas plus loin, le tendre entretien où le serpent l'avait interrompu.

Mais elle ne l'écoutait plus, courait vers la
lisière, les pieds à peine posés à terre, comme
si elle eût marché sur une tribu de vipères.

Pourtant, il lui jeta un bras autour de la taille :

— Voyons, c'est une plaisanterie...

Elle tourna vers lui un visage sévère :

— Cessez, je vous prie. A qui croyez-vous donc parler ?

Et comme il restait muet de surprise, pensant rêver devant un aussi brusque changement :

— Ne reprenez jamais de telles libertés, n'est-ce pas ? ou je dis tout à mon mari.

Et elle scella sa phrase d'un :

— « Je suis honnête femme, mon ami, » qui mit le comble à la stupeur du capitaine.

Pourtant, lorsqu'elle aperçut sa maison à travers les branches, elle ralentit sa marche et reprit ses sens. Elle sourit à l'ironie de ce hasard qui l'avait si brutalement dégrisée. Même, elle s'apitoya narquoisement sur la mauvaise chance du capitaine, s'égaya de son visage morose.

Et comme elle s'effaçait avec une aisance retrouvée, avec un geste de propriétaire, pour laisser pénétrer de Sauval dans le jardin, elle lui murmura à mi-voix :

— Voyons, mon ami, quittez cette triste figure. Que voulez-vous? les temps sont changés : jadis, le serpent perdit la femme; aujourd'hui, il la sauve.

LES « SOLDATES »

Il est fortement question de réduire à deux ans la durée du service militaire. Voilà un projet qui aura du succès auprès de nos futurs conscrits ! Mais il rencontre une vive opposition parmi les militaires professionnels. Ils prétendent que le temps manquera pour instruire les hommes ! Et pourtant, tous ceux qui ont passé par la caserne savent qu'au bout d'un an, tout le monde est, ou gradé, ou casé dans des emplois paisibles. Eh bien, il y a un moyen de tout concilier. C'est d'instruire sérieusement *tous* les hommes pendant deux ans, en supprimant les *employés*. Comment ? En remplaçant ces derniers par des femmes. Vous riez ?

Les idées fantaisistes ressemblent à des dan-
seuses de corde. Elles en ont la grâce irréelle et
légère, et les yeux amusés suivent, sans y attacher plus d'importance qu'à un divertissement,
leurs rebondissements et leurs battements rapides, sur le souple acier de l'humour. Mais
pourtant, de même que la danseuse, retombée
sur le sol, redevient une petite femme semblable à toutes les petites femmes, de même,
l'idée fantaisiste peut tomber dans le domaine
de la pratique, et y apparaître revêtue d'autant
de sens et de raison que la docte pensée d'un
philosophe notoire.

Tel apparaît le projet d'incorporer des femmes
à l'armée. Il n'est pas tout neuf, d'ailleurs :
les vivandières ne se sont point toujours uniquement illustrées sur la scène de l'Opéra-Co-
mique ; leur tonnelet, leur jupe courte et leur
bicorne ont réellement fait campagne. Aujour-
d'hui encore, sous le nom plus prosaïque de
cantinières, de respectables matrones suivent
les régiments en marche, dans les lourdes voitures officielles, dont les essieux craquent sous
le poids des victuailles.

Mais cette exception peut devenir la règle.
Nul doute, d'ailleurs, que les femmes, qui ré-
clament — ou pour qui l'on réclame — les
droits de l'homme, ne soient prêtes à en ac-
cepter chaleureusement les servitudes, à commencer par la plus lourde d'entre elles. Jamais
proposition ne fut plus opportune. On va voir
que, sans sortir des bornes du vraisemblable,
on peut trouver, dans l'armée actuelle, une
large place à céder à ces impatientes d'émanci-
pation.

Dans l'unité type que constitue une compagnie d'infanterie, un certain nombre d'hommes
ne prennent pas part, en effet, aux exercices
actifs, et, en temps de guerre, ne figureraient
pas parmi les combattants.

Parmi ces *employés* — c'est le nom qu'on
leur donne — il en est dont les besognes gagne-
raient sûrement à être confiées à d'agiles doigts
féminins. Les voici :

Deux cuisiniers, que l'on élit généralement
parmi les hommes incapables, par leur ignorance ou leur malpropreté, de devenir de bons
soldats. La soupe se ressent d'un tel choix.

Deux cuisinières ne remplaceraient-elles pas avantageusement les deux cuisiniers ?

Quatre ordonnances au moins, car la compagnie fournit non seulement ceux de ses officiers, mais souvent aussi les serviteurs, assez nombreux, des commandants et du colonel. Parmi ces ordonnances, la plupart remplissent un véritable rôle de bonnes à tout faire. Il serait préférable de le confier à d'accortes servantes, plus habiles aux soins délicats du ménage.

Deux infirmiers. Là encore, les infirmières s'acquitteraient mieux des difficiles fonctions qui incombent actuellement à ces deux hommes. Il ne s'agit, en effet, que de malaises légers qui n'entraînent point le séjour à l'hôpital. Pour ces maladies bénignes, ces pansements sommaires, des attentions et des mains de femme réussiraient où échouent la brutalité indifférente ou la maladresse des infirmiers.

Deux garde-magasin, qui s'occupent continuellement à la manutention des innombrables objets d'équipement entassés sur des rayons savamment étiquetés. Travail facile de demoi-

selle de magasin, et dont des femmes s'acquitteraient plus heureusement que des hommes.

Deux tailleurs. On y pourrait substituer des
couturières. Pour les réparations légères, les
adroites reprises, elles battraient « à plate
couture » les tailleurs de compagnie, qui furent de leur métier terrassiers ou maçons, et
manient l'aiguille avec autant de rudesse qu'ils
maniaient la pioche.

Ainsi, dans chaque unité, douze hommes
pourraient, avantageusement, être remplacés
par des femmes. Sur l'ensemble des forces
armées, cela représente soixante mille places.

A ce chiffre déjà respectable, il importe
d'ajouter la horde des soldats d'administration
et de l'intendance, dont la besogne pacifique et
peu fatigante pourrait, en paix comme en
guerre, être accomplie par des femmes.

En somme, cent mille *soldates* pourraient
trouver utilement place dans l'armée actuelle.

Comment les recruter ? L'enrôlement volon-
taire suffirait. Pour s'en convaincre, que l'on
songe à cet autre enrôlement, ignominieux,
celui-là, auquel de pauvres femmes se résol-

vent par milliers, sous la poussée de la misère
ou de la paresse, et qui recrute ce qu'on appelle
l'armée du vice.

Elles en seraient momentanément sauvées.
Et si l'on réfléchit aussi à cette si légère pincée
de centimes, qui suffit, par jour, à l'armée,
pour nourrir un être humain, on est séduit
par cette idée d'abriter, au moins pendant trois
ans, des milliers de malheureuses sous le toit
des casernes, où elles rendraient, comme on
on l'a vu, de précieux services.

Maintenant, quel avantage, en dehors de
celui que j'énonçais au début, retirerait-on de
cette profonde modification ? Il est immédiat :
cent mille hommes, actuellement considérés
comme non-valeurs, figureraient dorénavant
parmi les combattants.

Ce chiffre énorme serait à ajouter à notre
actif, dans cette lutte sourde, à coups d'effec-
tifs, que se livrent entre elles les nations dites
civilisées.

On objectera cette raison, malheureusement
si souvent victorieuse : « Cela ne s'est jamais
fait. » Mais ici une réponse s'impose : « On n'a

amais fait la guerre comme il la faudrait faire
de nos jours. » A des besoins nouveaux, il faut
des vues nouvelles. Tous les hommes valides
étant enrôlés, il serait nécessaire, pour aller
plus loin, de prendre des femmes.

Une objection plus délicate : la promiscuité.
Mais n'existe-t-elle pas parmi les employés des
grands magasins ou les ouvriers des mines ; et
l'Etat ne donne-t-il pas l'exemple, dans ses ma-
nufactures d'allumettes et de tabac, ses car-
toucheries et ses poudreries ? Ces dernières
institutions, militairement réglementées, ne
sont-elles pas d'ailleurs un acheminement au
nouvel état de choses ?

Et puis, en ce temps de dépopulation, la
naissance de petits enfants de troupe des deux
sexes, qu'on élèverait au régiment, ne serait
pas tant à déplorer.

LA GRANDE FÊTE

Le 189e régiment de ligne prenait part aux grandes manœuvres entre Melun et Montargis. Il marchait beaucoup et ne dormait guère. Parti chaque matin avant l'aube, il n'arrivait au cantonnement qu'à la nuit. Les officiers de réserve, peu entraînés, supportaient malaisément ce régime. Au dîner, quelques-uns mangeaient leur dessert les yeux fermés et la tête vacillante ; ils s'effondraient dans leur café.

Seul, parmi ces guerriers provisoires, le lieutenant Baillebelle résistait victorieusement. Bien plus, il mûrissait, pour le prochain dimanche, des projets galants. Pharmacien à Sens, hors de ces périodes biennales, et dûment marié dans cette ville plutôt morne, il prétendait profiter des grandes manœuvres pour s'offrir, au premier jour de repos, une savoureuse fugue à Paris.

Nul, parmi ses compagnons de route, ne l'ignorait. Aux haltes horaires, en grillant une rapide cigarette, aux repas de plein air ou dans quelque auberge, partout où les officiers se trouvaient réunis, Baillebelle secouait vaillamment la poussière de ses jambières, remontait d'un coup de pouce martial son étui à revolver — plein de tabac, selon la coutume — et sa jumelle suspendue en sautoir, lissait à deux mains ses moustaches et s'écriait :

— Oui, mais... samedi soir, quelle fine noce !

Vraiment, cet idéal folâtre soutenait son courage. Le dernier couché, il était levé le premier. Cette crâne attitude lui valait des encouragements :

— Bravo, Baillebelle ! et quelle noce, samedi !

Le lieutenant hochait la tête d'un air entendu. Cette notoriété ne lui déplaisait pas.

De même que deux individus indifférents l'un à l'autre échangent en se rencontrant de vagues propos sur le temps actuel et le temps probable, pour ce besoin étrange de prononcer des paroles, de même, tous les camarades de Baillebelle lui lançaient maintenant au passage la phrase sacramentelle :

— La grande fête, samedi !

Baillebelle avait d'ailleurs son plan, qu'il ne se lassait pas de caresser : aussitôt débarqué à Paris, il courait au Nouvel-Hôtel, place de la République, dont il aimait le confortable moderne : étoffes claires et pitchpin ; là, d'abondantes ablutions le dépouillaient de toute la poussière amassée en une semaine de manœuvres et incomplètement chassée par les brèves toilettes de bivouac ; puis, de vigoureuses frictions rendaient à son uniforme un lustre nouveau. Par une vanité bien naturelle, il avait, en effet, décidé d'accomplir son escapade sous ses galons. Ensuite, un fin dîner dans une des tavernes du boulevard, prolongé par une halte à la terrasse de quelque

café, le menait à l'heure d'entrer aux Folies-
Bergère.

C'est là, en effet, que Baillebelle devait jeter le mouchoir. Bien que dix ans se fussent
écoulés depuis son séjour d'étudiant à Paris,
il espérait retrouver dans le promenoir quelque ancienne de ce temps déjà lointain. Il
souhaitait surtout d'y rencontrer une certaine
Pauline, une brune aux yeux de jais, aux
grands seins lourds, dont le souvenir le gal-
vanisait encore... Enfin souper chez Julien, retour en voiture, dans la nuit douce ; voluptés
inconnues à Sens, et le lendemain, matinée
extrêmement grasse, entre le chocolat tradi-
tionnel et la somptueuse poitrine de Pauline.

Baillebelle n'avait pas de méfiance à l'endroit du Destin. Il ne prévoyait nulle désillu-
sion et attendait impatiemment la revue qui,
à l'armée, termine la semaine.

Le samedi vint. Le programme des manœuvres avait rapproché le 189e de Melun. Ce
fut donc là que Baillebelle prit le train vers
trois heures, au milieu d'un concours em-
pressé de camarades, venus tous pour sou-

haiter au héros une heureuse noce. Le train s'ébranla aux cris de : « Vive la grande fête! » Baillebelle, grave, saluait militairement.

Une étourdissante torpeur s'efforça malignement de s'emparer de lui dès les premiers tours de roues. Mais Baillebelle s'ébroua, décidé à vaincre la fatigue jusqu'à l'issue de l'aventure. Afin de se tenir en éveil, il repassa mentalement — revue infiniment plus plaisante que celle de « linge et chaussures » — les événements qui allaient bientôt se dérouler pour sa vive félicité. Vers Brunoy, le sommeil tenta une attaque nouvelle. Baillebelle sombra une seconde dans l'oubli de toutes choses. Mais, rapidement, il sursauta, s'excusant vis-à-vis de lui-même, en arguant de ses quatre heures de mauvais lit par nuit, depuis une semaine.

A Paris, d'ailleurs, il se sentit tout à fait dispos. Il prit une voiture et se fit conduire au Nouvel-Hôtel. La grande fête commençait.

Baillebelle suivit ponctuellement les premiers articles de son programme. Dès qu'il fut dans sa chambre — cretonne à grandes

fleurs bleues, lit de pitchpin et toilette an-
glaise, — il commanda un tub et, comme il
était à peine quatre heures et demie, il flâna
par la chambre, à mouvements lents, plein
d'une impatience délicieuse que modérait la
certitude de la réussite. Un moment, il con-
templa l'immense place de la République, les
terre-pleins grouillant d'enfants, la statue
géante dont les seins plantureux réveillèrent
en lui le souvenir excitant de Pauline, *Paupau*
dans l'intimité.

La sonnerie de la soupe, à la caserne voisine, lui rappela la semaine harassante, les
départs en pleine nuit, la lourde cuirasse de
la tunique trempée de sueur ou de pluie, les
pieds meurtris jusqu'au sang par la chaus-
sure de marche. Comme tout cela était loin,
déjà ! Rêveur, il s'assit sur le lit pour délacer
ses jambières. Un bien-être alangui le pénétrait tout entier. Il posa la tête sur l'oreiller,
songea encore aux délices promises... Pous-
set... les Folies-Bergère... Julien... les grands
seins blancs... lourds... les yeux de jais... de
jais....

Lorsque Baillebelle se réveilla, la chambre était noyée de pénombre. Il sursauta, s'invectiva à gros jurons et regarda sa montre. Elle marquait cinq heures et demie.

— Comment, pensa-t-il, la nuit tombe-t-elle sitôt?

Il se précipita à la fenêtre : la place était vide. A peine quelques voitures de maraîcher... Alors Baillebelle comprit toute l'étendue de son malheur, toute l'ironie du destin : il avait dormi douze heures ! !

Ma foi ! Il en prit bravement son parti. Se déshabillant d'une main rapide, il se coula entre les draps, se rendormit sans effort, et ne se réveilla que vers dix heures. Il prit alors un chocolat solitaire, et commença de réfléchir plus clairement à sa déception.

Que faire? Il lui fallait rentrer le soir même à Melun, pour être présent au réveil du lendemain. Il ne pouvait donc pas songer à tenter l'aventure, la belle aventure complète, la nuit d'amour depuis le souper jusqu'au chocolat... Et une crainte surtout le hantait : que diraient les camarades, les bons petits camarades devant qui il avait paradé toute la semaine, narguant leur fatigue et célébrant d'avance ses prouesses amoureuses ?

Ce fut la vanité qui le conseilla. Et le lendemain, à la première halte horaire — après une maussade journée dans les rues parisiennes, à la fois vides de mouvement et encombrées par la lente foule du dimanche — lorsque les excellents camarades de Baillebelle lui demandèrent : « Eh bien ! et cette grande fête ? » il s'épanouit la face, souhaita secrètement que le cerne de ses yeux racontât ses prouesses, et claquant de la langue :

— Ne m'en parlez pas. Du nanan, du vrai nanan. Figurez-vous qu'aux Folies, je rencontre justement Pauline...

A midi, il détaillait les charmes de la belle fille. Le soir, il citait des chiffres...

Et nul doute que, rentré à Sens, le pharmacien Baillebelle n'arrive à s'imaginer qu'il fit réellement la grande fête, avec Pauline aux seins blancs et lourds.

LE TRANSATLANTIQUE

— Il est généralement admis que les premiers moments qui réunissent deux êtres fraî-
chement mariés exercent une influence no-
table, parfois décisive, sur la suite de leur
existence. Si le souvenir de ces premiers ins-
tants ne s'impose pas immédiatement, du
moins tombera-t-il au fond de nos êtres, pour
en surgir parfois, remonter jusqu'à notre mémoire et provoquer la larme ou le sourire en
qui se résolvent, somme toute, la plupart des
crises de la vie à deux.

Ainsi parla Mme Brunoye, la femme d'un
ingénieur ordinaire des ponts et chaussées. (Il
ne faudrait pas inférer de cette appellation

d'*ordinaire* que M. Brunoye fût un esprit vulgaire. Dans le corps des ponts et chaussées, ce titre officiel aide à distinguer le simple ingénieur de l'ingénieur en chef, celui qui n'est pas ordinaire.)

Elle continua de confier à son amie, Mme Cessain :

— Pour ma part, j'ai d'autant mieux pu vérifier la vérité de cet adage que les premières heures passées avec M. Brunoye se rappellent plus souvent à ma mémoire par leur singularité même.

Vous savez que mon fiancé était attaché à Saint-Nazaire, où nous habitions nous-mêmes, où j'étais née. Après le lunch obligatoire qui suivit la cérémonie nuptiale, nous changeâmes nos vêtements de parade contre d'anonymes complets, et je proposai à mon mari une petite promenade, tant j'avais hâte de sortir un peu, toute seule, à son bras.

Nous gagnâmes le port, l'immense bassin de Penhoët, six kilomètres de quais, bordés de grands bateaux charbonniers anglais, de cuirassés en construction, d'un rouge de feu, avec des mâts de tôle chargés de hunes basses et trapues.

C'était pour moi un paysage d'enfance, une promenade que je suivais toute petite, avec mon papa, et dont je connaissais les gros anneaux de fer, les rails cachés sous la poussière noire, pour y avoir heurté mes premiers pas.

Et j'étais heureuse de le revoir avec mes premiers regards de jeune femme, de le traverser au bras de mon mari, comme si nous étions toujours tentés de montrer notre joie aux choses qui sont les amies de nos yeux.

Le retour nous amena dans les docks de la Compagnie transatlantique, où deux grands navires dormaient, allongeant contre le quai leur muraille noire, surmontée d'un fouillis blanc : chaloupes, mâts légers, passerelles, cheminées d'appel ouvrant vers le large leur bouche énorme, en corne d'abondance...

Figurez-vous que je n'avais jamais visité un transatlantique : les habitants d'un pays sont les derniers à en connaître les curiosités. Il était cinq heures ; il faisait grand jour encore. Je demandai à mon mari : « Si nous en visitions un, voulez-vous? » Il y a des jours où un mari ne refuse rien à sa femme; le jour du mariage est un de ceux-là. Nous entrâmes. Les formalités sont, d'ailleurs, fort simples : on verse son obole dans une tirelire de zinc, en forme de barque de sauvage, et, aussitôt, on devient libre d'errer sans guide, tant dans les docks encombrés de caisses aux senteurs étranges, aux noms lointains — Vera-Cruz, la Havane, — que dans les bateaux reliés aux quais par des rampes de bois.

Nous choisîmes des deux celui qui nous sembla le plus neuf et le plus grand.

Il devait partir le lendemain, et des hommes profitaient du jour restant pour arrimer les colis.

On les réunissait dans des filets de grosse corde, vastes comme des filets de ballon, qu'une grue à vapeur descendait, avec un bruit irritant de chaînes, par un puits profond de quatre étages, dans la cale.

Sur le pont, on lavait sans cesse, et nous rencontrions d'autres groupes de visiteurs qui naviguaient comme nous, sur la pointe des pieds, à travers les minces nappes d'eau.

A l'arrière, devant l'étable, je fus très attendrie sur le sort de deux vaches vivantes, destinées à la table du bord et dont les bons yeux
voyaient pour la dernière fois la terre de
France et ne verraient pas celle d'Amérique.

Le salon, spacieux, qui devenait salle à
manger à l'heure des repas, me ravit avec ses
panneaux incrustés de bois rares, ses glaces,
ses sièges mobiles et son piano. Puis, par un
double escalier à rampe d'acajou massif, aux
marches caoutchoutées et cannelées de cuivre,
nous descendîmes à l'étage des cabines.

Et, tout à coup, la sensation de n'être plus
dans un bateau, d'être dans un quartier de
ville inconnue nous saisit, entra en nous avec
l'air rare qu'on respirait, cet air à l'odeur
chaude de graisse à machine et de bois des
îles.

De longs couloirs couraient, dont on ne
voyait pas la fin, tout bordés de cabines aux
blanches façades sculptées comme des maisons. Et tout : les conduites d'eau chaude,
abritées sous leurs gaînes métalliques, les

globes électriques au plafond, le tapis de cuir
sous les pieds, tout donnait l'impression d'un
monde très stable, très confortable.

Nous éprouvions un plaisir d'enfants à errer,
à nous perdre dans ces couloirs qui se rejoignaient, se séparaient, tournaient, s'élargis-
saient en places publiques, en coins déserts,
et une joie compliquée nous prenait de nous
enfoncer ainsi dans de la solitude, dans cette
ville inhabitée, où nous nous sentions si loin
de tout, si profondément seuls pour la première fois de la journée.

Une cabine entr'ouverte excita notre curiosité; nous y entrâmes. Elle donnait sur le
bassin par un hublot, une vitre épaisse sertie
dans une bague de cuivre boulonnée dans la
paroi. Contre le mur opposé, deux petites couchettes s'échelonnaient l'une au-dessus de
l'autre... oh! deux couchettes bien étroites,
bien dures, une paillasse retenue par une
planchette d'acajou. Et puis une toilette de
porcelaine, des ceintures de sauvetage accro-
chées près du plafond, une banquette-canapé.
C'était tout. Nous nous assîmes là tous deux

Comme on était bien, et loin! Seul, parve-
nait à nous, à intervalles réguliers, le bruit de
chaîne déroulée du treuil à vapeur, et l'idée
de toutes les existences nomades, aventu-
reuses, en route vers la fortune ou la terre
natale, qui, chacune, avaient vécu un mois
dans cette petite case de bois me pénétrait
d'une sensation attendrissante de départ, de
voyage et d'inconnu.

Je posai ma tête sur l'épaule de mon mari,
sentant mieux dans ce nid de hasard, si fragile, sentant mieux là que partout ailleurs, la
douceur d'un mâle refuge où se blottir. Et lui
commença de m'embrasser avec toutes sortes
de petits noms ridicules et charmants.

Troublée par cette explosion de tendresse
dont j'appréhendais les conséquences inconnues, je crus devoir y mettre fin en invitant
mon mari à regarder avec moi la mer par le
hublot. Le soleil allait disparaître derrière les
jetées; des torpilleurs qui réglaient leurs
compas couraient dans le bassin comme de
longs poissons, rapides et noirs, sur l'eau
calme où se mirait le ciel rose. Nous restions

8

le visage collé à la vitre ronde, ponctuant de
baisers légers notre admiration, nos bras en-
laçant nos tailles, quand la porte fut fermée
avec un petit bruit sec de clef tournée...

Sous le coup de la surprise, nous restâmes
d'abord immobiles ; puis mon mari quitta le
hublot en s'écriant : « Je parierais qu'on nous
a enfermés ! » Il aurait gagné, car il tourna
vainement le bouton de la serrure.

Nous nous regardâmes en riant, persuadés
que nous n'avions qu'à appeler, qu'à faire du
bruit. Martelée sous nos poings, la porte
rendit des roulements de tambour. Ils ne
furent point entendus. Nous essayâmes alors
de dévisser le hublot : autant vouloir débou-
lonner la colonne Vendôme avec un cure-
dents. Il nous restait à crier. Unissant nos
voix, nous psalmodiâmes d'un ton lamen-
table : « Nous sommes enfermés ! » La nuit
vint. Elle fut seule à venir.

Et nous passâmes notre première nuit de
mariage dans une cabine de transtlantique.

Après avoir dûment constaté son impuissance à obtenir du secours, mon mari entra

dans une colère concentrée; puis il m'exprima ses regrets de si mal commencer notre vie à deux. Je le consolai de mon mieux en lui disant que la cabine était confortable, que ce serait un souvenir à conter à nos enfants plus tard, etc.

Mais il poussait des soupirs énormes, que je jugeais tout de même exagérés.

Enfin, il sembla prendre son parti de l'aventure et m'avoua : « Je crois que le plus raisonnable serait de se coucher; une mauvaise nuit est vite passée. » Il insista pour me faire prendre la couchette inférieure, dont l'occupation n'exigeait pas de gymnastique préalable. Une fois étendue dans l'étroite boîte d'acajou, sur le petit matelas de couvent, je vis mon pauvre mari grimper comme un clown, devant moi, à l'assaut de son lit, puis disparaître à l'étage supérieur. Le bois craqua au-dessus de moi : puis je regardai le ciel, plein d'étoiles, par le disque de verre; je répondis par un murmure aux petits « bonsoir » soupirés par mon mari, et, brisée par une journée de fatigue et d'émotion, je m'endormis à poings fermés.

Au matin, un ouvrier, qui venait visiter les serrures nous réveilla. Il crut à des passagers occupant leur cabine dès la veille du départ et s'excusa. Nous lui aurions sauté au cou, à ce libérateur, tant nous étions heureux de pouvoir nous échapper. Un *steward*, que nous questionnâmes négligemment, nous apprit que, chaque soir, on fermait les cabines à clef, quelques voyageurs y ayant déposé déjà des valises...

Et bien souvent, je retrouve le disque du hublot ouvert sur le ciel laiteux et fourmillant d'étoiles, le calme étrange du grand bateau endormi, le clapotis de l'eau tout proche et, au-dessus de moi, mon mari, mon mari du matin, se retournant dans sa couchette trop étroite...

Et je t'assure que, selon les jours, selon les heures, cela me fait sourire ou pleurer.

LA VICTOIRE DE LA TINÉE

Le septième jour des manœuvres, notre demi-compagnie, qui marchait isolée, cantonna au moulin de la Solinette, sur la Haute-Tinée, à quelques kilomètres de la frontière italienne.

Nous l'atteignîmes vers cinq heures. Nous marchions depuis l'aube, par des sentiers de montagne. Nous n'avions rencontré ni village, ni chalet ; aussi la vue de cette haute bâtisse grise, que baignait le torrent, nous emplit-elle le cœur de joie. Les hommes posèrent leur sac à terre et s'assirent au bord du chemin. Je suivis le capitaine dans le moulin. Nous entrâmes dans une assez vaste salle,

sombre et de plafond bas ; une femme cuisi-
nait devant une cheminée colossale ; l'homme,
assis sur un banc, la regardait travailler en
chiquant paisiblement.

Ils avaient déjà logé des soldats la veille et
s'offrirent à nous montrer les chambres. Elles
étaient nombreuses et garnies d'une paille
épaisse. Chemin faisant, le meunier, tout en
salivant abondamment sous l'excitation de sa
chique, nous expliqua, en un français mâtiné
d'italien, qu'il avait loué le moulin depuis un
an, à l'époque de son mariage.

Mais les minoteries de la vallée tuaient tout
commerce : et il vivait avec sa femme dans ce
grand bâtiment vide, élevé pour une entre-
prise considérable ; ils dépensaient peu et ne
travaillaient guère ; souvent ils restaient des
semaines sans voir un visage humain.

Par un curieux instinct de coquetterie,
l'épouse excusait la pauvreté des chambres,
l'absence des vitres aux fenêtres et des serrures aux portes. Elle semblait d'ailleurs
beaucoup plus fine que son mari, bien qu'elle
eût, comme lui, le parler nonchalant et le

visage sale. Mais ses yeux luisaient de malice.
Avec un bain, une toilette de ville et quelques
artifices de toilette, elle eût peut-être paru
jolie. Mais elle nous sembla fortement en-
ceinte. Sous la conduite du fourrier, les
hommes envahirent le moulin. Bientôt après,
ils se répandirent au bord du torrent. Les feux
de cuisine s'allumèrent, entre trois galets. Des
soldats se lavaient dans les trous de rocher où
l'eau bouillonnait. Tout un vivant décor de
campement se dressa dans la douce lumière
de six heures.

Tandis que nos deux ordonnances prépa-
raient notre dîner, le capitaine m'invita à
marcher un peu. Il préconisait cet apéritif
après une journée de cheval. Il s'appelait
Copolani ; Corse d'origine, homme de prin-
cipe et de manies, il était rude, net et propre
comme une brosse neuve.

Après qu'il eut mangé quelques juifs et
quelques politiciens, car cet homme excellent
était bonapartiste, antisémite et catholique
pratiquant, nous revînmes au moulin.

Mais une agitation insolite, des groupes

stationnant devant la porte de la salle basse,
nous firent presser le pas. Le premier homme
que je questionnai me répondit :

— Mon lieutenant, c'est la femme du meunier qui accouche.

Presque aussitôt, le pauvre mari s'élança
vers nous. Il se trouvait pour la première fois
à pareille fête et ne savait plus à quel saint se
vouer. Aussi les invoquait-il tous en un idiome
de plus en plus teinté d'italien. Et nous lui
apparûmes comme des sauveurs.

Alors, le capitaine Copolani fut vraiment
grand. Il organisa la naissance comme il eût
organisé la victoire. Il pénétra dans la salle
basse où des hommes se pressaient, avec des
faces à la fois inquiètes et amusées. Et il cria
d'une voix de tête, avec un accent corse qu'ag-
gravait encore l'émotion :

— Foutez-moi tous le camp, vous autres,
et que je ne vous voie plus !

Puis il se tourna vers le meunier :

— Où est-elle, votre femme ?

Le pauvre homme désigna la chambre voisine :

— Elle est là.

D'un geste impérieux, le capitaine m'enjoignit de le suivre. Et nous vîmes la patiente étendue sur son lit, tout habillée.

— Faites-la coucher, dit encore le capitaine Gopolani.

Nous nous tournâmes vers la fenêtre. En bas, sur les rives du torrent, on distinguait dans la nuit tombante les groupes de soldats, où brillaient, par éclairs, les feux rouges des pipes et des cigarettes. Tous devaient s'entretenir de l'événement. Ils en oubliaient de s'aller coucher, bien qu'on dût partir dès l'aube. Il est vrai que nous-mêmes nous oubliions bien de dîner. Le capitaine semblait joyeux. Il se frottait les mains, comme l'ouvrier aiguise ses outils.

Il me dit :

— Ces gens-là ont de la chance que je campe ici ce soir. Il n'y a pas un village à moins de vingt kilomètres. Et ça me connaît, ces opérations-là. Pendant que j'étais en Algérie, j'ai accouché plus de cent femmes kabyles. Vous allez voir ça.

Un gémissement, étouffé sous les draps,
nous fit retourner. Le capitaine Copolani en-
leva son dolman et parut en chemise de flanelle
et ceinture bleue. Il déclara, après un rapide
examen :

— A minuit, le citoyen sera de ce monde.

Un peu nerveux, malgré son calme appa-
rent, il m'ordonna :

— Ramenez-moi l'infirmier.

Je n'eus pas à aller loin. Curieux et apitoyés,
les hommes avaient peu à peu réenvahi la
salle basse. Et l'infirmier de compagnie s'a-
vança fier de son rôle.

Le capitaine l'interpella :

— Votre sac?

— Il est là-haut.

— Qu'est-ce que vous voulez que je fasse
de vous, sans votre sac? Allez me le chercher,
au trot. Il me faut toutes les bandes de gaze
au salol, et le bichlorure.

L'infirmier s'éclipsa. Le capitaine, fébrile,
m'ordonna encore :

— Le perruquier.

Je le cueillis à la porte.

— Vos ciseaux, et bien propres, hein ?

A peine le perruquier de la compagnie s'était-il élancé vers sa chambre, qu'à nouveau, le capitaine Copolani réclama le caporal d'ordinaire.

— Vos balances, caporal. Et nettes, n'est-ce pas ?

Il exigea encore des marmites de campement reluisantes comme un louis neuf. Et quand tous ses ordres furent exécutés, le brave capitaine se laissa tomber sur une chaise, et, avec un geste à la Bonaparte :

— Maintenant, nous sommes prêts.

Il consentit à prendre quelque nourriture, parmi les gémissements de la petite meunière. Je tentai de l'imiter, mais vainement ; je n'avais pas accouché cent femmes kabyles, moi.

Et la nuit s'avança. Afin de calmer la patiente, le capitaine Copolani déclarait de temps en temps :

— Plus qu'un quart d'heure.

Mais qu'il fût minuit, une heure, deux heures, il fallait toujours attendre un quart d'heure encore.

Le mari, inapte à toute besogne, crachait et chiquait désespérément.

Le torrent grondait sur les pierres avec un perpétuel bruit de pluie d'orage. Et à des chuchotements, de rares éclats de rire vite étouffés, des frôlements, de gros souliers inhabiles à marcher silencieusement, je devinais que la plupart des hommes étaient restés debout, qu'ils attendaient avec une touchante impatience la naissance du petit meunier.

C'était un vrai branle-bas de combat, une veillée des armes pour eux. Le capitaine risquait une petite plaisanterie entre deux crises, ou trouvait des mots de douceur où son rude accent se fondait presque en caresse.

Et ce fut seulement vers quatre heures que l'action décisive s'engagea. Le capitaine Copolani répétait énergiquement :

— Allons, du courage, ma petite dame !

Mais il était diablement ému. Ah! jamais général ne dut éprouver autant de joie triomphante lorsqu'il vit les lignes ennemies plier et battre en retraite, que n'en ressentit le

brave capitaine Copolani quand naquit enfin
l'enfant :

— Un garçon !

Et le naturel revenant au galop, il me ru-
doya vertement parce que je ne lui passais pas
assez vite tout son étalage de chirurgie im-
provisée.

Puis, quand la malade put enfin reposer
dans un alanguissement délicieux, quand il
eut pesé l'enfant dans la balance du caporal
d'ordinaire et l'eut déclaré bon pour le service,
le capitaine s'écria, grand comme le monde :

— Et maintenant, à cheval !

En effet, le jour se levait. Ah ! le rassemble-
ment ne fut pas long. Tous les hommes, le
visage élargi de joie malicieuse, se félicitaient
de l'heureux événement. Ils s'enorgueillis-
saient de leur chef comme d'un vainqueur.

Et la compagnie quitta le moulin de la
Solinette dans une allégresse de victoire, fière
de la naissance de ce petit enfant, fière comme
si elle venait de tuer cent hommes !

LES TREIZE JOURS

Cette simple histoire a le mérite de l'authenticité.

Aux derniers jours d'août, le tambour de Locvinen (Finistère) colla sur le mur du cimetière une affiche blanche, haute et large comme un drap de lit, et pavoisée de deux jolis petits drapeaux tricolores. Ce document illustré invitait, en style plutôt aride, les territoriaux de la classe 1882 à accomplir au mois d'octobre une période de treize jours.

Pierre-Marie Masson, cultivateur à Locvinen, étudia, plusieurs heures durant, le palimpseste officiel.

Après quoi, dûment convaincu que ce paci

fique appel aux armes le concernait, il exhala
un interminable soupir et s'en revint au logis.

Timide et d'humeur douce, il professait
pour le métier militaire le plus touchant éloi-
gnement; il gardait, de ses cinq années de
service et de ses périodes passées, un effroi
que le temps n'avait pas affaibli. Il appréhen-
dait, deux ans à l'avance, l'approche de la date
fatale. Et voici qu'elle avait sonné.

Pierre-Marie Masson songea tristement aux
semailles prochaines, à la naissance attendue
de son petit veau, à mille soins délicats, enfin,
qui ne sauraient se passer sans dommage de
l'œil et de la main du maître. Sa patrie, c'était
son champ; quant à l'autre, il s'en souciait
comme du protocole.

Chaque jour, il faisait un grand détour afin
de ne point passer devant l'affiche aux drapeaux raides comme zinc. Octobre vint néan-
moins, et Pierre-Marie Masson gagna Quimper
en carriole. Là, au milieu d'une foule de compagnons qui témoignaient un enthousiasme
à peu près semblable au sien, il dut s'embar-
quer pour Versailles, où, pendant cinq années

déjà, il avait servi la Patrie comme ordonnance d'un médecin-major.

Il passa un jour et une nuit, lui dixième,
dans une de ces affreuses petites boîtes de
bois, dites de troisième classe, qui sont la
honte de notre bout de siècle. On le débarqua
à la gare des marchandises, qu'on appelle, à
Versailles — lieu renommé pour sa siccité —
la gare *des Matelots*. Quelques soldats du
cadre actif formèrent une escorte guerrière
à la vaillante petite phalange des blouses
bleues et des chapeaux mous, et sans plus
tarder, la troupe panachée grimpa vers Satory.
Là, sur une plaine morne et sans fin, que l'au-
tomne pluvieux avait rendue marécageuse,
des baraquements noirs s'érigeaient.

C'étaient des locaux provisoires qui ser-
vaient depuis vingt ans. Chaque année, on
dépensait, à étayer leurs parois pourries, plus
d'argent qu'il en n'eût fallu pour construire
des casernes en pierre de taille.

Les territoriaux furent parqués dans ces
chalets rustiques, à raison de quatre-vingts
par chambre. Lorsqu'ils eurent déposé leurs

modestes valises au pied des couchettes, un
sous-officier au verbe sonore vint les quérir
pour le magasin d'habillement. C'était une
étroite pièce, où fraternisaient sur le sol des
képis et des brodequins, des ceinturons et des
capotes. Une pénétrante odeur, indéfinissable,
qu'on peut nommer, faute d'autre mot, l'odeur
de chambrée, l'emplit bientôt. Dans cette
mâle atmosphère, le fourrier, débordé, hurlait
des ordres que nul n'entendait. Trois soldats
procédaient à l'essayage des territoriaux avec
un dédain mal dissimulé.

Autour d'eux, une foule grouillait, avide de
s'emparer des souliers les moins percés, des
capotes les moins graisseuses. Accotés aux
murs, des hommes sortaient au grand jour
leurs robustes pieds de laboureurs, et leur
cherchaient d'assez vastes demeures. D'autres
levaient des bras navrés, dont les manches
s'arrêtaient au coude. Des luttes silencieuses
s'engageaient entre des têtes et des képis : on
ne cédait d'aucune part. Les trois garde-magasin déclaraient sans sourire que tous ces
effets allaient comme des gants d'officier.

Pierre-Marie Masson hérita d'une tenue qui
fut restée toute droite sans être habitée, tant
elle était raide de taches vénérables. Comme
il insinuait timidement qu'aucun képi ne
voulait épouser sa tête, le fourrier le foudroya
d'un définitif :

— Allez chez Delion, mon garçon !...

Masson se le tint pour dit. Il garda son képi,
qui le coiffait à peu près comme ces minus-
cules chapeaux pointus que posent les clowns
burlesques sur le sommet de leur perruque.

Sa mélancolie s'aggrava de cet incident. La
fierté guerrière de sentir un fusil sur son
épaule et une baïonnette à son côté ne sut pas
dissiper sa tristesse. Mentalement, il calculait
le nombre de betteraves qu'on eût pu planter
sur toute l'étendue du polygone de Satory
qu'il allait fouler, douze jours encore, de son
pas martial.

Une sonnerie bien connue le tira de sa rêve-
rie noire : la soupe. On n'était pas encore
organisé par escouade. Masson alla chercher
une gamelle sur les tables de la cuisine, et
mangea mélancoliquement au pied d'un arbre.

Ce fut une sonnerie encore qui le mit debout :
l'appel du soir.

Pierre-Marie Masson rentra donc dans la
chambre commune, et se planta au pied du lit
qu'il avait choisi. Le sous-officier au verbe
sonore clamait les noms, et, après chacun
d'eux, un : « Présent! » répondait, tantôt aigu,
tantôt grave, triste ou jovial, triomphant ou
balbutié.

Masson avalait sa salive, préparait sa gorge,
afin de ne pas se laisser surprendre par le
brusque appel de son nom, et de ne pas provoquer, par un couac de timide, la risée de la
chambrée.

Il eût souhaité d'être débarrassé vite de cette
formalité. Son trouble grandissait à chaque
nom prononcé qui n'était pas le sien.

Soudain, le sergent s'arrêta : la liste était
close.

Pierre-Marie Masson crut d'abord à une
simple interruption. Mais non ; l'adjudant
entrait, et le sous-officier, le saluant d'un geste
arrondi, déclarait de sa plus belle voix : « Manque personne, mon lieutenant ».

Ainsi, on l'avait oublié, lui, Masson, sur la liste d'appel. Il en ressentit aussitôt cette vive contrariété, si naturelle chez le soldat, « d'être une exception ».

La sécurité, pour lui, consiste à n'être pas remarqué, à « n'avoir pas d'histoire », en quoi il ressemble aux peuples heureux. Masson fut effrayé de l'oubli dont il était l'objet. Il n'émit l'idée de réclamer que pour la repousser aussitôt. A quoi bon? L'erreur serait toujours assez vite reconnue.

Le lendemain, des escouades furent formées : des caporaux rassemblèrent huit hommes et prirent leurs noms, Masson donna le sien avec satisfaction.

Mais, à l'heure de l'exercice, quand le sous-officier à la voix puissante vint faire l'appel sur les rangs, il ne nomma pas plus Masson que la veille ; et, comme la veille encore, il déclara délibérément à l'officier de service : « Il ne manque personne, mon capitaine. »

Pierre-Marie Masson était travaillé d'inquiétude et de doute. Mais sa grande timidité le retenait sur les rangs.

Le matin, le soir, à midi, inopinément parfois, l'appel avait lieu. Jamais on ne nommait
Masson, jamais Masson ne réclamait, et toujours le sous-officier déclarait qu'il ne man-
quait personne.

Le malheureux pivotait à l'heure de l'exercice, touchait sa gamelle à l'heure de la soupe,
regagnait son lit à l'heure du coucher, sans
être autrement inquiété.

Cela aurait pu durer des années : cela dura
huit jours, au bout desquels Pierre-Marie
Masson confia timidement à son voisin de
chambrée que jamais on ne l'avait appelé
depuis son arrivée au corps...

Cet homme ouvrit des yeux et une bouche
énormes et déclara que le cas n'était pas ordinaire. Il en fit part au caporal, qui le soumit
au sergent. Effrayé d'une telle anomalie le
sous-officier en rendit compte au lieutenant
de semaine, qui en référa au capitaine.

Ce dernier était un homme grisonnant et
déjà voûté, à qui des campagnes africaines
avaient valu son grade. Mais, selon le langage
spécial au régiment, « ses galons de capi-

taine devaient être son bâton de maréchal ».

Il entra dans une colère rouge contre ces damnés territoriaux et fit mander aussitôt Pierre-Marie Masson.

Celui-ci faillit ne pas se rendre à cet appel, tant il était inhabitué à s'entendre nommer.

Le capitaine l'attendait les bras croisés, les jambes écartées, la face en arrêt. Il le salua d'un formidable :

— Eh bien! Qu'est-ce que vous f..... là, vous !

Masson tenta d'entr'ouvrir la bouche. Mais déjà :

— Classe 82? Bataillon de dépôt? Je m'en doutais. Tenez, mon garçon, savez-vous lire?

Et il planta Pierre-Marie Masson devant la fatale affiche aux petits drapeaux tricolores, qui couvrait les murs du bureau. Puis, d'un doigt crispé :

— Hein? Qu'est-ce qu'il y a? *Exception*, mon garçon, *exception*. Vous êtes appelé l'année prochaine, mon garçon. Elles sont faites pour les chiens crottés, n'est-ce pas, les exceptions. On ne les lit pas, on les dédaigne...

Il s'excitait à sa propre parole, terrorisait de grands gestes le malheureux Masson.

— Et on s'en vient à la caserne, s'offrir treize jours de vacances ! On se fait nourrir, coucher, blanchir, comme à l'hôtel ! Et on reçoit de l'argent, en plus. Ah ! bien, vous en avez de bonnes, vous, mon garçon !

Puis soudain :

— Qu'est-ce que je vais faire de vous, maintenant?

Il connaissait bien les peines à décréter contre ceux qui ne viennent pas quand on les appelle, mais il ignorait celles à infliger à ceux qui viennent quand on ne les appelle pas. Cependant, il crut trouver, et, magnanime :

— Tenez, je suis bon prince : vous allez finir vos treize jours, sans histoire, comme si c'était votre tour. Pour cette fois, je ferme les yeux : mais qu'on ne vous y repince pas !

LE CAPITAINE

Voici une histoire étrange, simple et vraie. Je laisse la parole à celui qui me conta cette aventure :

... Quand je connus Raymonde Desormes, je venais d'être détaché comme sous-lieutenant à Saint-Denis. Nous habitions tous deux le même quartier. C'était une personnette réservée, volontiers silencieuse, mais d'une chair blanche, chaude et délicate comme la mie d'un pain de luxe. Elle travaillait chez Sarah Lévy la modiste de la rue Royale. Pendant près d'un an, chaque nuit nous réunit. Puis je fus brusquement envoyé à Bayonne.

Je cessai de voir Raymonde, et ce fut seule-

ment après trois grandes années qu'à la faveur
d'une permission de huit jours je la croisai un
soir sur le boulevard de la Madeleine.

— Tu travailles toujours chez Sarah Lévy ?

— Mais oui.

— Toujours employée au « réassortiment » ?

— Toujours.

— Tu n'as pas quitté non plus Saint-Denis ?

— Ah ! Si.

Et elle ajouta, avec une petite flamme d'orgueil sur son blanc et placide visage :

— J'habite rue Caumartin.

— Diable !

Je devinai — non sans une légère angoisse
de jalousie — l'amant opulent qui avait jeté
ce bien-être dans la vie de Raymonde.

J'insinuai :

— Il est riche ?

Elle comprit ma pensée, et toujours peu ba-
varde :

— Un capitaine de cavalerie de Saint-Ger-
main. Le capitaine Gérard de l'Aube. Tu connais ?

— Mais il est à Madagascar depuis six mois,

dans l'état-major du gouverneur ! m'écriai-je.

— C'est vrai, confirma Raymonde en sou-
riant. Mais il est en route pour la France. Il
sera à Paris dans une semaine.

— Alors, il est encore temps de visiter ton
palais ? interrogeai-je d'un ton faussement
indifférent.

Car depuis que j'avais rencontré Raymonde,
mon désir allait grandissant de retrouver le
goût de ses lèvres et la volupté de nos étreintes
anciennes. Subitement, il me sembla que, si
elle me laissait à sa porte, j'y resterais aussi
misérable, aussi cruellement perdu qu'un chien
chassé par son maître.

Cependant, Raymonde hésitait : bien qu'elle
parût heureuse de notre rencontre et tentée
de me montrer son logis, elle semblait en
même temps retenue par une inexplicable ré-
pugnance. Enfin, elle décida :

— Je veux bien que tu montes cinq minutes,
mais à la condition d'être absolument sage,
absolument. C'est très sérieux. Tu me le promets ?

Je promis. Ce sont de ces promesses qu'on

ne refuse jamais... et qu'on ne tient pas
souvent.

Raymonde habitait, en effet, au fond d'une
cour, un aimable logis. Deux pièces traversées,
nous fûmes dans une chambre très Louis XVI,
acajou et cuivre : un lit large à s'y perdre
corps et biens, sous un dais de Saint-Sacre-
ment ; des tentures rouges, sévères comme
des robes de juge ; une garniture de cheminée
aussi lourde et fouillée qu'une châsse. Et,
parmi ces merveilles, dans un cadre ciselé, la
photographie du capitaine Gérard de l'Aube.

Le premier frisson de jalousie calmé, je me
réjouis avec un mâle égoïsme de voir cette
image si hardiment scellée au mur. Raymonde
gardait donc toujours cette rare honnêteté
amoureuse qui lui permettait d'étaler au che-
vet de son lit le portrait d'un amant unique.

Je l'en félicitai.

— En effet, sourit-elle, tu es bien le premier
homme qui entre ici depuis que le capitaine
en est sorti !

Je voulus aussitôt lui en marquer ma recon-
naissance. Mais, subitement hostile :

— Oh ! tu sais, en camarade, rien qu'en camarade. C'est promis.

Et je m'aperçus alors que la résistance de Raymonde était grave. Plus je la pressais, de paroles et de gestes, plus elle se défendait avec l'énergie nerveuse et désespérée d'une vierge qu'on viole. Elle dérobait ses lèvres aux miennes avec de rapides : « Non ! je t'en prie ! Pas cette fois... » Et elle semblait lutter non pas seulement contre moi, mais contre elle-même, obéir à de la terreur, à une puissance plus forte que nos deux désirs.

Le premier élan de mon ardeur rompu, la cravate et l'orgueil tout froissés, je me laissai choir dans un fauteuil :

— Voyons, Raymonde, explique-toi. Que signifie cette attitude de méchante ? Nous nous retrouvons : tu es libre, tu m'accueilles. Et c'est pour me congédier, après m'avoir montré le portrait du capitaine. Tu n'agis pas sans raison. Avoue-la-moi. Je m'inclinerai. Tiens, viens tout près me la dire à l'oreille.

J'assis Raymonde sur mes genoux, et je penchai sa jolie tête vers mon épaule, comme

pour mieux faire couler de ses lèvres sa confi-
dence. En effet, elle parla :

— Tu ne te moqueras pas de moi, au moins?
Eh bien, le soir où le capitaine Gérard quitta
Paris, je l'accompagnai à la gare de Lyon, au
rapide de huit heures, tu sais? Et là, un peu
avant le départ, il me prit le bras, m'entraîna
vers la partie la plus déserte du quai, et me
dit tout bas : « J'espère que tu ne me trom-
peras pas, petite Raymonde, pendant mon absence, n'est-ce pas? Vois-tu, il me semble que
si tu me trompais, *il m'arriverait malheur là-
bas.* C'est stupide, tant que tu voudras, mais
c'est un pressentiment. Veux-tu me promettre
que tu seras bien sage? Je partirai plus tranquille, vraiment. » J'ai promis, mon ami, et
j'ai fait mieux : j'ai tenu ma promesse. Oh! les
petites tentations ne m'ont pas manqué, en six
mois. Mais, chaque fois, je pensais au quai de
la gare, à l'air si triste du capitaine Gérard et
à son étrange pressentiment : « Il me semble
qu'il m'arriverait malheur si tu me trompais. »
Ainsi, tu vois, n'insiste pas. Il va revenir; il
est en route. Puisque j'ai tenu ma promesse

pendant six mois, laisse-moi la tenir encore
pendant six jours.

Et elle ajouta, avec une duplicité inconsciente et charmante :

— Dans six jours, il sera ici. A ce moment-
là, je te donnerai ta revanche! Là. Es-tu content?

Non, je n'étais pas content. Cette supers-
tition d'exilé, cette naïve confiance sentimen-
tale de l'homme qui liait son sort à l'honnêteté
de sa petite maîtresse m'avaient ému un instant. Mais j'avais vite chassé cet attendrissement. Peut-on attacher de l'importance à de
telles billevisées ? Raymonde me demandait
six jours de patience. Mais, dans six jours,
ma permission expirée, je serais à Bayonne,
et pour longtemps.

A nouveau, je tentai de convaincre Raymonde. Connaissant maintenant l'obstacle, il
me parut plus aisé de le renverser. Tour à tour
j'employai la raison et la raillerie ; j'exhumai
nos souvenirs communs ; je trouvai des larmes
sincères; je balbutiai des prières agenouillées,
les mains hardiment quêteuses. Et sous ces

assauts répétés, subitement, Raymonde céda.

Elle céda avec emportement, avec une ardeur rageuse que je ne lui avais jamais connue ; on eût dit qu'elle voulait oublier son remords dans du plaisir, recevoir en larges voluptés le prix de son parjure... Et six mois d'abstinence inusitée contribuèrent peut être à l'élan de sa fougue amoureuse.

Pour moi, tous mes sens éveillés et tendus, je rentrais dans le passé. Près de Raymonde, je retrouvai le parfum de son corps, le son de sa voix pâmée, le modelé de sa chair et la saveur de sa bouche. Pendant une nuit, je fus tout au charme de cette surprenante et nette impression : redevenir de trois ans plus jeune.

Le jour qui se leva avant que nous ne fussions endormis était un dimanche. Raymonde pouvait donc s'attarder longuement au lit, sans souci d'atelier. Et ce fut seulement la faim qui nous fit lever, vers midi. Selon notre coutume ancienne, conservée, me parut-il, sous mon successeur, nous déjeunâmes chez la jeune femme. Experte ménagère, elle se plaisait à ces repas improvisés, où s'allumaient, d'ordinaire, les fusées de sa gaieté gamine. Mais, cette fois, notre rire fut factice et forcé. Un étrange malaise, que nous fûmes impuissants à combattre, nous envahit ensuite. La promesse violée, oubliée pendant la nuit voluptueuse, s'imposa à notre esprit inquiet. De longs silences marquaient nos craintes. Le portrait du capitaine, avec ses yeux vivants, me parut gênant comme un remords. Je songeai à ces sciences encore mystérieuses qui établissent l'existence d'un lien entre l'être et son effigie, et veulent que tout dommage éprouvé par l'image affecte aussi celui qu'elle représente...

La nuit vint, cette nuit de novembre qui, dès quatre heures, semble tendre des toiles d'araignée par les chambres. Cette ombre irritante me pénétra le cerveau. J'eus peur, vraiment peur. Et, soudain, je sentis qu'il me fallait sortir.

— Je viendrai te prendre pour dîner, dis-je à Raymonde.

Sur le boulevard, des vendeurs criaient les journaux du soir. Ma crainte se précisa. Je voulus gagner du temps, reculer l'instant de la certitude, tout en me gourmandant de ma faiblesse superstitieuse. « Je n'achèterai un journal qu'au troisième vendeur » décidai-je. Et mon cœur me sautait jusque dans la gorge à grands coups sourds, comme dans toutes les graves minutes d'attente de mon existence.

Dès que j'eus la feuille dans la main, je fus certain d'un malheur, avant d'avoir lu. Oh! je m'en souviens parfaitement. Et ce fut presque sans surprise, mais avec un affreux et bref arrêt de la vie, que je découvris aux dernières nouvelles :

« MORT D'UN OFFICIER FRANÇAIS. — *Port-Saïd*, dimanche 28 novembre. — Le transport *le Gange*, est arrivé ici à minuit, venant de Madagascar. Le capitaine d'état-major Gérard de l'Aube est mort à bord, après un court accès de fièvre, au moment même où le *Gange* atterrissait ici. Il rentrait en France. Il était âgé de trente-cinq ans. »

Ainsi, il était mort, pendant la dernière nuit, au moment même où...

Et je sentis que, malgré l'aide de la froide raison que j'appellerais sans cesse à mon secours contre le remords, je serais désormais hanté par cette formidable question, à jamais insoluble : « Enfin, si j'avais quitté Raymonde ce soir-là, serait-il mort? »

Je n'ai jamais revu Raymonde.

DISCIPLINE

Sur la route de Fontainebleau à Moret, le lieutenant Linder se promenait paisiblement à cheval. L'avril pavoisait les branches d'une verdure tendre ; le matin, printemps du jour, enveloppait le feuillage timide d'un ciel encore trempé de rosée. La jument Gabrielle, capricieuse comme une parisienne et forte comme une amazone, daignait rester docile entre les jambes de son maître. Aussi le lieutenant Linder jugeait-il la vie bonne. Il ne songeait à rien, goûtant ainsi l'extrême béatitude.

Soudain, une voiture automobile passa, une puissante machine qui crachait son haleine en crépitements secs et précipités.

A ce bruit insolite, la jument Gabrielle tressaillit des quatre membres : toute sa peau frissonna. Un instant, elle fléchit sous son cavalier ; de peur, son corps sembla fondre. Puis elle s'élança, en foulées rapides ainsi que les battements d'un cœur trop ému, dépassa l'automobile, comme si elle eût voulu, dans une lutte de vitesse, vaincre son ennemie.

La jument s'emballait... Linder, arc-bouté sur les étriers, le corps rejeté en arrière, les poignets crispés sur les rênes, sciait du mors la bouche délicate de la bête. Mais elle baissait la tête, les naseaux au poitrail, se dérobant ainsi à l'action du maître.

Le lieutenant gardait son sang-froid : mais il dut s'avouer son impuissance. Il fut le mécanicien à bord de la locomotive qui échappe à son pouvoir. Avec cette lucidité aiguë que laissent les dangers durables, Linder vit passer devant ses yeux tous les êtres, tous les souvenirs, tous les espoirs qui donnaient du prix à sa vie; ils défilèrent, aussi rapides, aussi nets que les arbres aux deux côtés de la large route... Et dans cette invocation su-

prême, Linder voulut puiser la force de sus-
pendre enfin cette course mortelle.

.*.

D'abord, ce fut l'image de sa maîtresse qui
se jeta au-devant de l'élan formidable. Les
dents serrées, il murmura son nom : « Blanche,
ma petite Blanche. » D'intimes tableaux défilèrent, stations du doux chemin d'amour.
Comme le cœur des jeunes lieutenants reste
frais, préservé sous le dolman des meurtris-
sures précoces ! Linder habitait devant l'atelier de couture où travaillait son amie. Longtemps, il avait ignoré son nom ; mais elle se
tenait toujours avec une de ses compagnes,
derrière une fenêtre qui portait un écriteau :
Robes et Manteaux. Alors, il l'avait baptisée
Robes. L'autre s'était appelée *Manteaux.* Un de
ses camarades avait conquis *Manteaux.* Lui
avait aimé *Robes.* Deux ans déjà ! A cet instant
suprême, comme il goûtait à son prix véritable
cette humble et forte tendresse ! Faudrait-il
donc la perdre, perdre le goût poivré de la

petite bouche, perdre ces caresses à la fois ar-
dentes et dociles, cette simple fidélité, la joie
des escapades à deux, parmi la nature ou la
foule... Mille fois non ! Et d'un bras plus puis-
sant, d'un effort à fendre la bouche de la bête,
Linder tira les rênes. Mais la jument, affolée,
bondit plus vite encore, dévora la route en
foulées plus rapides.

*
* *

Maman ! Le premier, le dernier sanglot de
tous les enfants dans la peine, grands et petits.
Et ces jeunes officiers ne sont, au fond, que de
grands enfants qui cachent, parfois très soigneusement, d'exquises tendresses. Sa maman ! Linder crut la voir se jeter à genoux sur
la route, devant la bête folle. Elle voulait sauver son fils, son petit dont elle était si fière.
Veuve, elle habitait une ville lointaine où il
venait pieusement passer ses semaines de permission. Ils étaient, l'un pour l'autre, le passé
vivant. Tous les menus souvenirs de la maison
paternelle : joies, peines, promenades, chan-

sons, n'existaient plus que pour elle et lui. A lui seul, elle pouvait demander devant le moindre objet du foyer : « Te rappelles-tu ?... » Lui seul gardait sur son visage les traits du père mort, et dans le son de sa parole, l'écho de la voix qui s'était tue. Sa maman ! Ne fût-ce que pour elle, il fallait vivre, il fallait écarter cette possibilité de mourir. Les veines du front gonflées, les dents serrées à les casser, Linder s'arc-bouta. Mais la jument continua de galoper éperdument, comme stimulée par la douleur.

L'avenir, le bel avenir, tout empli par le métier aimé ! L'avenir par qui s'agrandit le bracelet doré des galons à la manche, l'auréole des galons au képi... Faut-il donc y renoncer aussi ? Faut-il renoncer à jamais à la volupté toujours neuve du commandement, de la manœuvre bien faite, les hommes dans la main ? Renoncer à l'orgueil, frivole mais délicieux, de marcher parmi des regards qui courent sur

l'uniforme comme des caresses ? Renoncer à la
joie des épreuves heureusement subies, graves
inspections, revues soudaines ; au grand frisson froid qu'éveillent dans l'échine les musiques
guerrières, à toute cette vie de devoir, droite
et nette comme cette large route?

Abandonner tous ces espoirs, sottement, par
la faute d'une bête inconsciente et folle? Avoir
un demi-siècle à vivre encore, et venir donner
du crâne contre les portes de la ville, au bout
de la route ? Tonnerre de Dieu ! Et de toute la
force de sa révolte, Linder se raidit, avec des
jurons, des larmes de rage aux paupières, et
ces gémissements étouffés de l'homme qui lutte
contre l'invincible. Et la jument, la tête entre
les jambes, allonge son galop...

*
* *

Or, au milieu de cette large route que le
sabot de la jument Gabrielle battait à cette
allure de cauchemar, un point noir parut à un
tournant.

Il grandit très vite, rapproché par la folle

vitesse de la bête emballée ; et bientôt, les yeux agrandis d'une terreur nouvelle, Linder put distinguer un général à cheval, en petite tenue, qui se dirigeait aussi vers Moret, mais au pas.

Un général ! Aussitôt, dans la mémoire du lieutenant, retentirent les termes inflexibles de l'usage militaire : « *Arrivé à hauteur d'un supérieur, tout officier à cheval doit lui demander l'autorisation de le dépasser.* »

O force admirable de la discipline ! Déesse qui transforme tous ceux qui lui sont soumis en des êtres nouveaux, armés de pensées et de forces nouvelles, et qui désormais obéiront sans cesse à sa voix !

Linder, d'un élan de train express, atteignait le général. Mais, par un miracle que n'avait point accompli sa fervente invocation à ses tendresses d'homme, le lieutenant arrêta d'un effort suprême sa jument Gabrielle. Et tout tremblant encore, la main au képi :

— Mon général, voulez-vous m'autoriser à passer ?

LE PONT

Je n'ai vu le général Saussier que pendant une heure. Mais ce fut dans une circonstance assez singulière, où il m'apparut, en haute silhouette équestre, comme le juge suprême de la partie que nous jouions sous ses yeux.

En ce temps-là, le généralissisme voulut savoir si l'arme du génie pourrait lancer un pont de bateaux. Grave question. Car les *sapeurs* devaient recevoir, en récompense de la réussite, le service des pontonniers.

Il fut donc convenu qu'au cours d'une manœuvre de garnison, une compagnie de Versailles construirait, en présence du gouver-

neur de Paris, un pont que les troupes fran-
chiraient avec armes et bagages.

Vous pensez bien que notre colonel, dont le
régiment devait fournir le champion de cette
épreuve, ne laissa pas au hasard le soin de la
désigner. Son choix, mûrement réfléchi, s'arrêta sur le capitaine Rudot. En effet, c'était
bien l'homme des graves entreprises : un
torse court et solide, d'aplomb sur des jambes
écartées, de durs yeux bleus, une moustache
rousse vite hérissée d'un souffle de colère ;
sous ces dehors d'irritable énergie, il ca-
chait une décision prompte, une très rare
indépendance d'esprit, une bonté de père et
des gaietés d'enfant. Aujourd'hui encore, il
m'apparaît comme le type souhaitable du militaire professionnel en notre époque de transi-
tion, l'homme qu'on serait heureux d'avoir
pour chef à l'heure de la lutte.

Je servais comme lieutenant sous ses ordres
avec mon camarade Benoît, un gros garçon
d'apparence bonhomme et placide, myope à
saluer les réverbères, et qui transpirait même
en hiver, tant d'émotion que d'obésité.

Et pendant dix jours, dans un morne paysage de banlieue, à Port-à-l'Anglais, en amont de Charenton, notre compagnie *répéta* en vue de cette première solennelle.

Le capitaine Rudot nous avait confidentiellement déclaré au départ : « Si nous réussissons, le colonel passera général. » Et voyez si l'armée n'est pas le refuge des dernières vertus : pendant dix jours, nous fûmes suffisamment stimulés par cet espoir que si le capitaine, ses deux lieutenants et ses cent cinquante hommes menaient à bien leur travail, le colonel passerait général !

Bien que la besogne fût nombreuse, le paysage sinistre et l'isolement absolu, le temps nous parut bref et la tâche légère. Car ces petites guerres sont la revanche de la vie de garnison, si décevante d'humiliants soucis et d'inactivité morale, au moins dans les grades subalternes ; elles apportent dans cette grise existence la saveur de l'imprévu, la saine fierté de la fatigue physique, l'intérêt de l'effort vers un but précis, tout l'attrait pittoresque de la guerre sans sa détestable barbarie. L'at-

trait pittoresque ! Ce furent les nuits passées
dans ce petit fort ras de Charenton que longe
la ligne de Lyon, avec ses chambres au mobilier monacal, ses poternes surannées, ses rares
lumières, ses piles de boulets rouillés dans
ses cours verdies, le lourd sommeil de fatigue
entre la mélancolique sonnerie de l'extinction
des feux et de l'alerte diane ; ce fut la cuisine
savoureuse de l'auberge de marinier où nous
déjeunions, des sauces au vin, cuites et recui-
tes, où triomphaient l'ail et l'échalote, les fri-
tures croquantes, les lampées d'un vin blanc
que l'hôte débouchait d'un geste alerte entre
les genoux de son pantalon ciré ; et puis, la
lutte contre l'eau, la manœuvre des lourds
bateaux réquisitionnés pour l'occasion, cha-
lands de tôle où d'ordinaire les dragues déver-
sent leurs boues ; le mouillage des ancres, aux
silhouettes marines ; les récits des sentinelles
hantées par les légendes d'écumeurs de Seine,
et qui, la nuit, tiraient à blanc sur quelque
ombre innocente de chien errant sur nos chan-
tiers ; et, encore, les explosions de mélinite,
pulvérisant des souches traîtresses, les belles

explosions en gerbe d'eau qui semaient la rivière de poissons tués par la commotion; et, toujours, ce morne horizon plat, cette zone de fumier au milieu de laquelle fleurit Paris.

Le capitaine Rudot, lui, ne voit que son pont. Il dirige les équipes à gestes brefs, souffle dans sa moustache irritée, darde ses yeux durs, secoue les paresses et les inerties entre ses dents rageuses, comme un jeune chien fait d'une loque... et commande un quart de vin par homme pour la soupe du soir.

Son pont! Chaque jour, on le lance et on le replie, on le modifie, on le met au point. Chaque répétition marque un progrès. On *enchaîne...*

A table, nous mangeons du pont : Tiendra-t-il? Résistera-t-il au passage du troupeau humain, des canons et des voitures? La rivière sournoise et jusqu'ici soumise se vengera-t-elle d'avoir été dix fois vaincue? Si le pont allait se disjoindre, s'effondrer pitoyablement sous les yeux du généralissime? Quelle débâcle! Et quand le colonel passerait-il général, grand Dieu!

11

Enfin, le grand jour se lève. Ou, plutôt, il n'est pas encore levé que les équipes s'alignent devant le chantier, aux commandements nerveux du capitaine Rudot.

Le revolver d'ordonnance et la longue jumelle au flanc, il suit, de ses courtes jambes bottées, la berge que caresse la rivière endormie encore dans la brume : « A nous deux ! » semble-t-il dire.

Benoît transpire, dans ce matin glacial de novembre. Il transpire d'angoisse, et son binocle fuit obstinément le long de son nez en sueur.

Sur les deux rives, les curieux se massent : ouvriers, rôdeurs, voisins de banlieue, badauds épris de spectacles militaires. Mais des sentinelles aux rigides consignes les éloignent du chantier.

Car le capitaine Rudot se défie des journalistes. Il nourrit pour eux une haine méprisante. Il les appelle volontiers des *journaleux*, avec adjectif cruel. Cet âpre dédain de l'officier pour l'homme de presse est un des rares caractères encore saillants de cette figure du soldat professionnel, dont le relief s'efface chaque jour. Quelques-uns, à vrai dire, marquent pour la littérature une ferveur exaltée ; ils ressemblent à ce jeune capitaine qu'esquisse Anatole France dans son *Mannequin d'Osier* : « C'est un esthète, un Rose-Croix... Il apprend le vers libre et la prose rythmée... Il est heureux, il est tranquille, il est doux. Une seule chose le désole, c'est le drapeau. Il trouve que le bleu, le blanc et le rouge en sont d'une violence inique. Il voudrait un drapeau rose ou lilas. » Ils lisent les revues d'avant-garde et vouent de l'admiration à des auteurs encore ignorés de la foule. Ils savaient par cœur les *Chansons de Bilitis*, de Pierre Louys, avant que la gloire d'*Aphrodite* les eût signalées au grand public. Mais ces rêveurs vivent au milieu des sourires apitoyés de leurs camarades, qui gardent pour la chose imprimée la plus féroce, la plus irréductible des haines : la haine de ce qu'on ne connaît pas.

Le capitaine Rudot, qui est un parfait militaire, déteste la *copie* et ceux qui la produisent.

Cependant, les bateaux s'alignent, bientôt couverts de poutrelles et de madriers. Le jour se lève. La foule grossit, s'allonge en haies noires sur les deux rives. Des échos de fusillade annoncent l'approche des troupes en manœuvre. Soudain, une indiscrète sonnerie de trompette, un remous de curieux, et le généralissime apparaît au milieu de son état-major, tandis que les longues rames ss dressent aux extrémités des bateaux en geste de salut.

Sur son cheval arabe dont la robe luisante épouse les muscles en modelés délicats, le gouverneur se tient immobile. Sa face, d'une surprenante pâleur, aussi blanche que la moustache, garde une expression de sévère mélancolie; et sa forte corpulence, amoindrie par le sobre dolman étoilé, ajoute au grand air de cette haute silhouette sur le piédestal de la rive à pic. Un ordre bref aussitôt transmis, et le défilé commence.

Avec lui, commence l'épreuve. D'abord, viennent les fantassins : ils ont rompu le pas pour éviter le roulis du pont mobile, ce qui leur donne l'aspect d'un troupeau en déroute,

Mais le brave tablier résiste. Et tous passent devant la haute silhouette équestre, où ne bouge que la tête impatiente du fin cheval arabe.

Puis l'artillerie, avec ses canons lourds Sous leur poids, les madriers s'affaissent, puis se relèvent, comme les touches d'un clavier sous le *glissando* d'un doigt rapide. Enfin, ils ont passé ! Vite, quelques tours de corde pour resserrer les liens relâchés, tandis que la fine tête arabe, en silhouette sur le ciel, du haut du talus, semble approuver dans un cliquetis de mors.

Et voici les trains régimentaires, les ambulances, tous les *impedimenta* des troupes en campagne. Et savez-vous ce qui nous inspira la plus anxieuse crainte, pendant cet interminable défilé? Ce qui fut plus lourd que les canons, plus lourd que les caissons remplis d'obus? Les voitures de cantinières, chargées sans mesure de victuailles, et qui menacèrent vraiment le pont d'effondrement! Ah! si la traversée avait eu lieu après le déjeuner!

Enfin, la dernière voiture est passée. Le pont

du génie a résisté. Le colonel passera général.
Une grande allégresse éclaire toutes les
faces. La foule, sur l'ordre du généralissime
qui connaît son peuple parisien, est admise à
franchir le pont. Et c'est bien la plus sérieuse
épreuve, imprévue au programme, que ces
badauds qui se précipitent dans les deux
sens, se serrent, se poussent, dans la joie de
traverser la Seine sur un pont de bateaux.
Mais, comme le dit ingénument le capitaine
Rudot : « Maintenant, peu importe! »

Il est si heureux, le capitaine Rudot! Le
gouverneur l'a fait appeler et lui a dit : « C'est
très bien, capitaine. » Voilà de la joie pour
toute sa vieillesse!

Mais c'est le lendemain soir que son allégresse éclate de la plus extraordinaire façon.
De retour dans la bonne ville de Versailles,
nous dînons, Benoît et moi, à la table du
capitaine. Et nous le trouvons au milieu
d'une nuée de journaux dépliés, sur les
meubles, par terre, des journaux de toutes
nuances, du matin et du soir, des légers et
des graves, des sérieux et des fantaisistes...

L'excellent homme nous les montre, la face épanouie.

— Vous avez lu celui-ci : une colonne en première page : Sur le pont. Et celui-là, tout un article! Et cet autre, une dernière heure!

Et il compte les lignes, il pèse les mots, avec l'ardeur enflammée d'un jeune auteur au lendemain d'une première.

Eh bien! mon capitaine, la presse a parfois du bon! Et avouez que vous ne les dédaigniez pas trop ce soir-là, les petits *journaleux!*

A LA CARTOUCHERIE

Cette cartoucherie s'élève parmi les fleurs. Entre les bâtiments s'érigent des levées de terre couvertes d'un gazon dru et garnies à leur pied de roses et d'iris. Elles sont destinées, non pas à flatter l'œil, mais à séparer les uns des autres les ateliers, en cas d'explosion. Cette cartoucherie dans les fleurs emploie beaucoup de femmes. Dès l'entrée du visiteur dans la capsulerie, se retournent deux rangées de têtes curieuses aux chevelures coquettes et qui rappellent invinciblement les cigareries. Mais au lieu de rouler le tabac dans leurs doigts agiles, ces ouvrières-là préparent de délicats et précis engins de mort. Avec cette sûreté de main que donne l'habitude, elles versent dans des capsules de cuivre d'égales doses de fulminate de mercure légèrement humecté. Moins qu'un choc, un frottement, provoque l'explosion du fulminate sec.

Emma Daubray travaillait depuis trois ans dans cet atelier. Ses parents étaient employés à la cartoucherie ; à son tour, elle y était entrée sans répulsion, sans goût non plus, pour gagner sa vie, apporter sa part de travail au foyer de famille.

Mais le soir, au coup de cloche, après la fouille, elle s'échappait vite pour retrouver, au bord du canal, Pierre Raquine, un ouvrier mécanicien, son amant.

Depuis deux ans, ils se rejoignaient ainsi, pour ce fougueux baiser où s'apaisaient le désir et l'attente de tout un jour.

Pourtant, depuis quelque temps, Pierre changeait : ses yeux bleus, clairs et froids, comme taillés dans quelque aiguille de glacier alpestre, s'éclairaient d'une lueur cruelle ; ses nerfs lui venaient à la peau, lui

tiraillaient la face de rictus maladifs. Le soir,
après le souper, à l'heure où les deux amants
se rejoignaient, Pierre était parfois inexact
au rendez-vous. Jalouse, Emma l'avait suivi :
le mécanicien fréquentait d'étranges compagnons de sombre allure et rentrait les poches
pleines de brochures qu'il lisait la nuit. Mais
la jeune fille n'attacha pas d'importance à ces
menées ; elle était si heureuse de n'avoir pas
trouvé de femme sous ce mystère ! Elle eût
aimé Pierre davantage, si possible, pour
l'avoir injustement soupçonné.

Mais un soir où tous deux cheminaient le
long du canal, le mécanicien, sans tourner son
visage vers sa maîtresse, interrogea avec une
indifférence maladroitement jouée :

— Tu n'as pas changé d'atelier ? Tu travailles toujours à la capsulerie ?

— Toujours.

Elle appuyait sa tête sur l'épaule de son
compagnon, heureuse de l'entendre s'inté-
resser à sa besogne.

— Tu n'emportes jamais de fulminate au
dehors ?

La tête redressée, en méfiance :

— Non. Tu le sais bien. C'est défendu. Et puis on nous fouille à la sortie. Pourquoi me demandes-tu cela ?

— Parce que j'en aurai bientôt besoin.

— Toi ? Pour quoi faire ?

— Ça ne te regarde pas. Veux-tu, oui ou non ?

— Mais je te dis que c'est impossible. Oh ! mon Dieu, j'ai peur de quelque mauvaise histoire. Pourvu qu'il ne t'arrive rien, mon chéri. Tous ces hommes, tous ces livres ont dû te tourner la tête. Je ne sais pas, mais je devine que tes absences, tes lectures, ta demande, tout cela se tient. Sois franc, mon Pierre ; n'est-ce pas que tu me demandes une vilaine chose ? Au moins, dis-le-moi : parle.

Mais l'homme secouait brutalement le bras suppliant de sa maîtresse :

— Il ne s'agit pas de tout cela. J'en ai besoin. J'en ai promis à des camarades. Si tu ne veux pas, tu n'as qu'à le dire. Tu n'es pas toute seule, à la capsulerie. J'en trouverai bien une autre !

— Oh! ne me parle pas comme ça, mon
aimé, je t'en supplie. Je ne t'ai pas dit que je
ne t'en donnerais pas, comprends-tu ? C'est
défendu, c'est dangereux, mais est-ce que je
ne serais pas heureuse de risquer une puni-
tion ou le renvoi pour te faire plaisir ! Seulement, je veux savoir, parce que j'ai peur que
tu sois mal conseillé, que tu commettes une
mauvaise action, enfin, et que je t'y aide au
lieu de t'en détourner. Mais si c'est pour une
expérience, une invention, une découverte,
pour une cause bonne et juste, je t'en appor-
terai, je te le promets.

Cette fois, Pierre Raquine se tourna vers
sa compagne ; ses yeux de glacier luisaient
et son mauvais rictus lui démontait la bouche :

— Si c'est une cause juste ! Elle le demande,
bon sang ! Ecoute : après-demain, le tribunal
de commerce de la ville se réunit en banquet.
Il faut que la table saute. Il y a trop de patrons
là-dedans. Ils sont condamnés. D'ailleurs, j'ai
promis. Maintenant, m'aideras-tu ?

A son tour, Emma dégagea violemment son
bras :

— Jamais! Ça, jamais. Ah! je m'en doutais bien. Grand Dieu! Toi, mon Pierre, te mêler de ces affreuses choses! Vouloir tuer des gens que tu ne connaissais pas, qui ne t'ont rien fait, et qui sait? peut-être les manquer et atteindre des domestiques, des pauvres gens comme nous...

Pierre haussa les épaules :

— Ne parle donc pas de ce que tu ne comprends pas, ma pauvre petite. Ah çà! pour qui crois-tu donc que tu les fabriques, les capsules? Est-ce pour des pistolets d'enfant, ou pour abattre des lapins? Non. N'est-ce pas? C'est pour tuer, pour tuer des hommes! Que ce soit Jacques ou Jean, un petit soldat ou un patron, qu'est-ce que ça peut te faire, à toi, je te le demande? Allons, parle, réponds...

— Mais, mon chéri, tu auras toujours raison, avec des mots. Je ne suis qu'une pauvre femme, je ne sais rien, je ne lis rien. Mais je sens que tu me demandes de commettre un crime avec toi. Vois-tu, moi, je fais cet ouvrage-là comme ma sœur fait des fleurs

artificielles. Je ne réfléchis pas que ces cartouches peuvent tuer. Je ne veux pas le savoir.

— Mais tu le sais maintenant...

— Oui, mais j'ignore qui cela tuera, en tout
cas ; et puis, ce seraient toujours des enne-
mis, des gens d'un autre pays...

— Ah ! la belle différence !

— Je te le dis, tu arriveras toujours à me
fermer la bouche. Mais je suis sûre que j'ai
raison ; réfléchis bien, mon amour. Cela me
fait tant de peine de te refuser quelque chose
et de voir que tu t'obstines dans le mal. Je
mets de la poudre dans des cartouches, c'est
vrai. Et puis je ne sais plus où elles vont. Toi,
tu me demandes froidement de quoi tuer des
gens, dont je connais les noms, des hommes
que j'ai peut-être rencontrés dans la rue, des
hommes qui sont comme tous les hommes,
comme toi, bons et mauvais à la fois, et qui
ont bien leurs soucis, va, comme nous. Dis
bien à tes amis que je n'ai pas voulu. Dis-le,
mon trésor, mon Jésus, mon tout...

Elle se suspendait à lui, les mains crispées.
Mais lui, la repoussant ;

— Allons ! assez de jérémiades ! Il faut un exemple qui fasse réfléchir ceux qui survivront. J'ai eu tort de compter sur toi, voilà tout.

— Mais c'est lâche, comprends donc ! La guerre, ça n'est pas beau, mais, enfin, on sait qu'on se bat. Là; vous allez miner une salle, tendre un piège, et ils ne sauront rien avant de mourir. Non, non, je ne veux pas, je ne veux pas !

— Cela prouve simplement, dit Pierre, glacial, que tu ne m'aimes pas. Le premier service que je te demande, depuis deux ans, tu me le refuses.

— Oh! mon Dieu, entendre dire de pareilles choses ! Mais demande-moi n'importe quoi, et je te le donnerai. Demande-moi ma vie, demande-moi de me jeter à l'eau devant toi, et je m'y jetterai sans crier, sans me débattre. Mais pas ça. Oh ! non. Pas ça !

Alors, froidement, en pleine figure, comme un cinglement de lanière, il lui envoya :

— Sais-tu, au fond? Tu as peur d'être pincée, coffrée comme complice. Voilà le vrai.

Et, comme il s'éloignait à grands pas furieux, il entendit seulement, parmi des sanglots :

— Oh ! malheureux, malheureux ! Tu ne sais pas ce que tu viens de faire.

*
* *

Le lendemain, au moment où sonnait la cloche du départ, une explosion retentit dans la capsulerie. Emma Daubray gisait, le corps presque séparé en deux tronçons. Avait-elle caché sous sa robe une charge de fulminate qui avait spontanément détoné? Avait-elle provoqué le choc? On ne le sut jamais.

GIRAUD

Autour de notre table de lieutenants, un seul d'entre nous, Pertinet, apportait chaque matin un journal d'informations. Lartigue lisait bien une feuille de sport, rose pâle, dont les pronostics l'aidaient à engager avec lui-même de platoniques paris ; Lenorme recevait bien le *Chasseur français*, où ses goûts cyné-gétiques trouvaient à se contenter en chambre ; quelques autres, en attendant au cercle l'iné-luctable manille, jetaient bien un rapide re-gard sur tous les journaux militaires, fragiles drapeaux sertis dans leur courte hampe de bois ; mais, seul, Pertinet nous distribuait dès le hors-d'œuvre la manne des fraîches nouvelles.

D'ailleurs, chacun de nous reconnaissait en Pertinet la joie vivante de notre tablée. Non seulement ce diable de garçon fouillait les gazettes et gardait la curiosité de la vie publique, mais encore il excellait à » monter des bateaux ». Nul ne savait comme lui lancer, relancer ces humbles plaisanteries qui ne deviennent drôles qu'à force d'être tyranniques, jouets innocents et incassables que se renvoient sans fatigue les convives indulgents.

Lorsqu'un bateau s'usait et menaçait de sombrer, Pertinet connaissait l'art ingénieux de le radouber avec une pièce neuve et de le lancer à nouveau dans le souffle de sa fantaisie. Les bateaux de Pertinet se transforment parfois, ils ne meurent jamais. L'ayant retrouvé ces jours derniers après une longue séparation, il m'accueillit avec la joviale plaisanterie sur laquelle il m'avait quitté quatre ans plus tôt.

Un matin, Pertinet, qui épluchait les *faits*

divers en mangeant des radis, releva triom-
phalement la tête :

— Tuyau, messieurs ! J'apprends par le
journal que notre camarade Giraud, ici présent, a tué hier, à Paris, une vieille dame très
riche. Affreux détails !

Et au milieu des rires encombrés de nourriture, Cartonet nous lut le bref récit du
crime commis la veille par un nommé Giraud, que les agents avaient arrêté le soir
même.

Cette imagination burlesque, née de la simi-
litude des noms dans la cervelle de Perlinet,
fut le point de départ d'un de ces bateaux
dont s'enorgueillissait notre joyeux camarade.

D'ailleurs, modeste et doux, un peu myope,
volontiers retardataire aux repas, Giraud
se voyait souvent en butte à ces inno-
centes taquineries, qu'il acceptait sans humeur.

Cette fois encore, il accueillit d'un large
rire la fantaisiste accusation de Perlinet. Le
bateau avait reçu le baptême.

Le lendemain, une voix salua l'arrivée tardive de Giraud au mess :

— Ah ! ah ! Voici Giraud qui vient de chez le juge d'instruction.

— As-tu un bon avocat, au moins?

— N'avoue jamais!

— Tu sais que tu as le droit de ne parler que devant lui, ajouta Pertinet très informé.

Et les rires d'éclater. Giraud gardait son attitude modeste et douce. De temps à autre, il montrait, par une brève réplique, qu'il goûtait la plaisanterie.

Elle dura. C'est la force et l'attrait de ces joyeuses obsessions que d'offrir toujours, sans effort, une jaillissante occasion d'esprit. Elles font songer à ces jets d'eau des tirs hydrauliques, où l'on peut sans cesse faire danser la coquille légère d'un nouvel œuf.

On feignait de demander à Giraud des renseignements sur Mazas. Vraiment, les tuyaux d'aisances jouissaient-ils d'une acoustique aussi indiscrète que l'affirme M. Goron dans ses *Mémoires?*

Giraud répondait toujours volontiers : à

peine laissait-il entrevoir parfois, me semblait-il, une très légère lassitnde.

Mais ce fantaisiste bateau était passé au
nombre de nos habitudes. Il nous devint nécessaire autant que nos réclamations contre la
dureté des biftecks, la fréquence des pommes
de terre ou le hachis du jeudi soir, autant que
notre geste de reboucher notre bouteille après
nous être versé du vin, autant que notre
acheminement du mess vers le cercle, par les
mêmes pavés... Il devint l'une de ces petites
coutumes despotiques qui régissent les existences dénuées d'imprévu.

Cependant, Pertinet suivait dans son journal
la marche de l'affaire. Et ce fut une explosion
de joie quand il nous annonça un matin :

— Messieurs, l'infâme Giraud est condamné
à mort.

Le plus drôle, le plus fou, c'est que Giraud
parut troublé jusqu'à la pâleur par cette nouvelle.

— A force de se l'entendre répéter, dit
Pertinet, Giraud va croire qu'il vient des
assises.

Des semaines s'écoulèrent. Le bateau voguait d'une allure plus lourde. Visiblement, il s'enfonçait. De temps en temps, on demandait bien à Giraud :

— Pas de vice de forme dans le jugement ?

— Ton pourvoi est-il rejeté ?

— Et le recours en grâce ?

Mais, décidément, Giraud ne goûtait plus la plaisanterie. Et pour relever nos ardeurs, il fallut la trouvaille géniale de Pertinet, qui entra un jour en brandissant son journal :

— Pas étonnant que Giraud fasse une sale tête : on l'a guillotiné ce matin !

Nous n'eûmes même pas le temps de rire. Giraud, qui dépliait sa serviette, gémit affreusement, comme soudain blessé. Puis cachant sa tête dans ses bras repliés sur la table, il sanglota, sanglota...

Tous, nous nous étions levés. Pertinet, jetant au loin son journal, se penchait vers notre camarade :

— Giraud, est-ce que nous t'aurions fait de la peine sans le savoir ? Mais je m'en voudrais à mort ! Je t'en prie, dis-nous pourquoi

tu pleures... Comment aurions-nous pu nous
imaginer une seconde que cette plaisan-
térie...? N'est-ce pas, vous autres? Voyons,
parle, explique-nous...

Alors, Giraud releva une face sans binocle,
rouge, mouillée, délayée de larmes, mécon-
naissable. Il semblait avoir changé de visage
dans ses bras repliés. Et il balbutia :

— Oh! je sais bien. Vous ne pouviez pas
deviner, c'est certain... Moi-même, est-ce que
j'ai pu penser, le premier jour? Est-ce que je
n'ai pas ri comme vous? Et ensuite, je n'ai
plus voulu avouer. J'avais promis, d'ailleurs.
J'ai cru que j'arriverais à vous cacher toujours la vérité. Et j'essayais de jouer mon
rôle. Ah! comme vous m'avez fait souffrir,
sans le savoir! A chaque minute, avec toutes
ces allusions aux assises, au pourvoi, et tout
à l'heure, avec... Je sais bien, je sais bien...
l'idée ne s'est jamais présentée à votre esprit
qu'ayant le même nom, *lui* et moi, nous pou-
vions être de la même famille... Parbleu, moi
non plus, le premier jour, où j'ai tant ri avec
vous! Et le lendemain, quand j'ai su... il m'a

fallu garder le même visage que la veille, et tous les jours, pour n'avouer jamais... Mais je n'ai pas pu résister, ce matin... C'était trop d'apprendre la nouvelle ici, par vous... Mes amis, mes pauvres amis... c'était mon père !

FIN

TABLE DES MATIÈRES

ÉMILE COLIN, IMPRIMERIE DE LAGNY (S.-ET-MARNE)

AVIS DE L'ÉDITEUR

Le but de la collection des *Auteurs célèbres*, à **60** *centimes* le volume, est de mettre entre toutes les mains de bonnes éditions des meilleurs écrivains modernes et contemporains.

Sous un format commode et pouvant en même temps tenir une belle place dans toute bibliothèque, il paraît chaque quinzaine un volume.

CHAQUE OUVRAGE EST COMPLET EN UN VOLUME

En jolie reliure spéciale à la collection, **1 fr.** le volume.

ENVOI FRANCO CONTRE MANDAT OU TIMBRES

Imprimerie LAHURE, rue de Fleurus, 9, à Paris

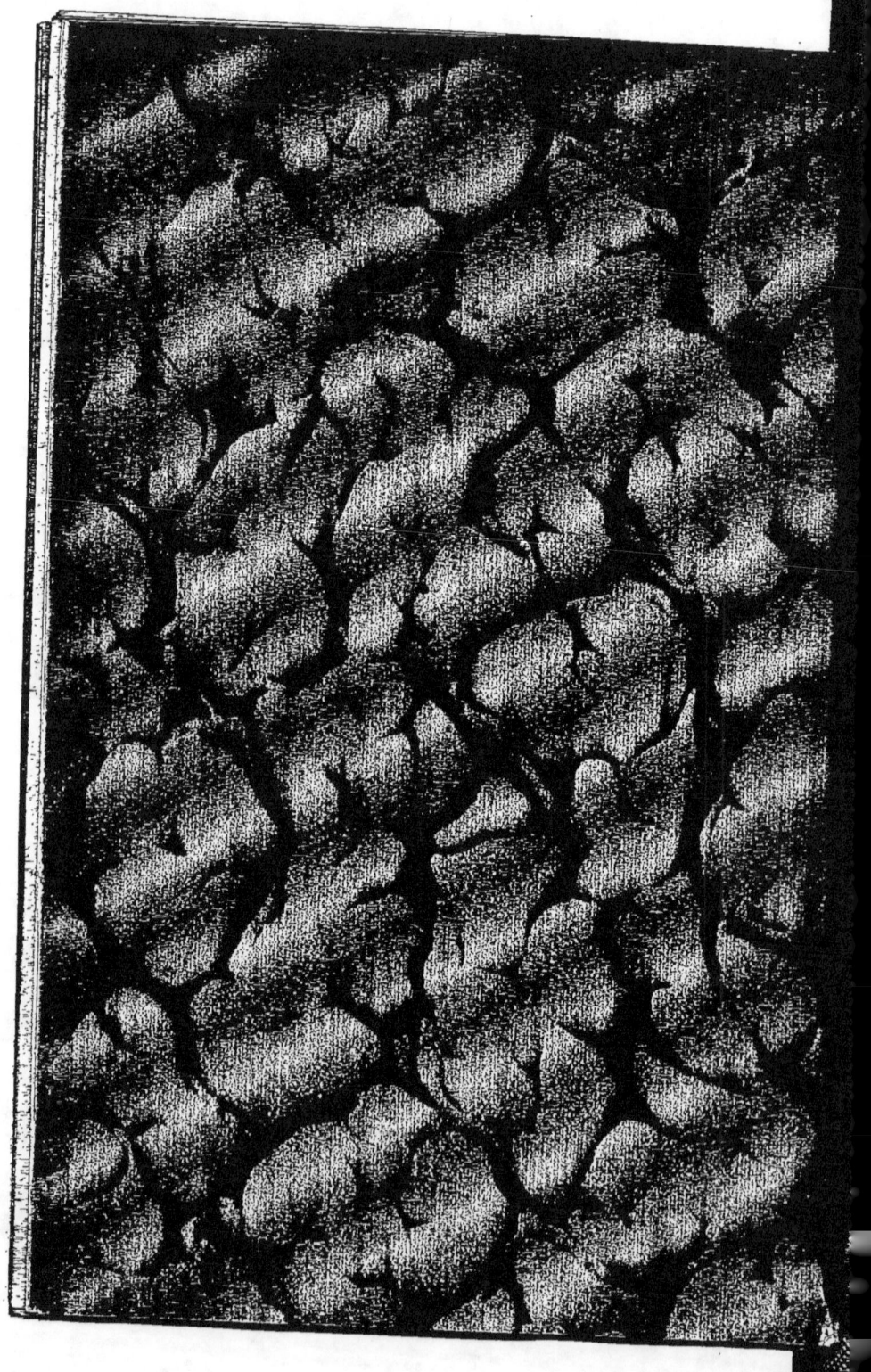

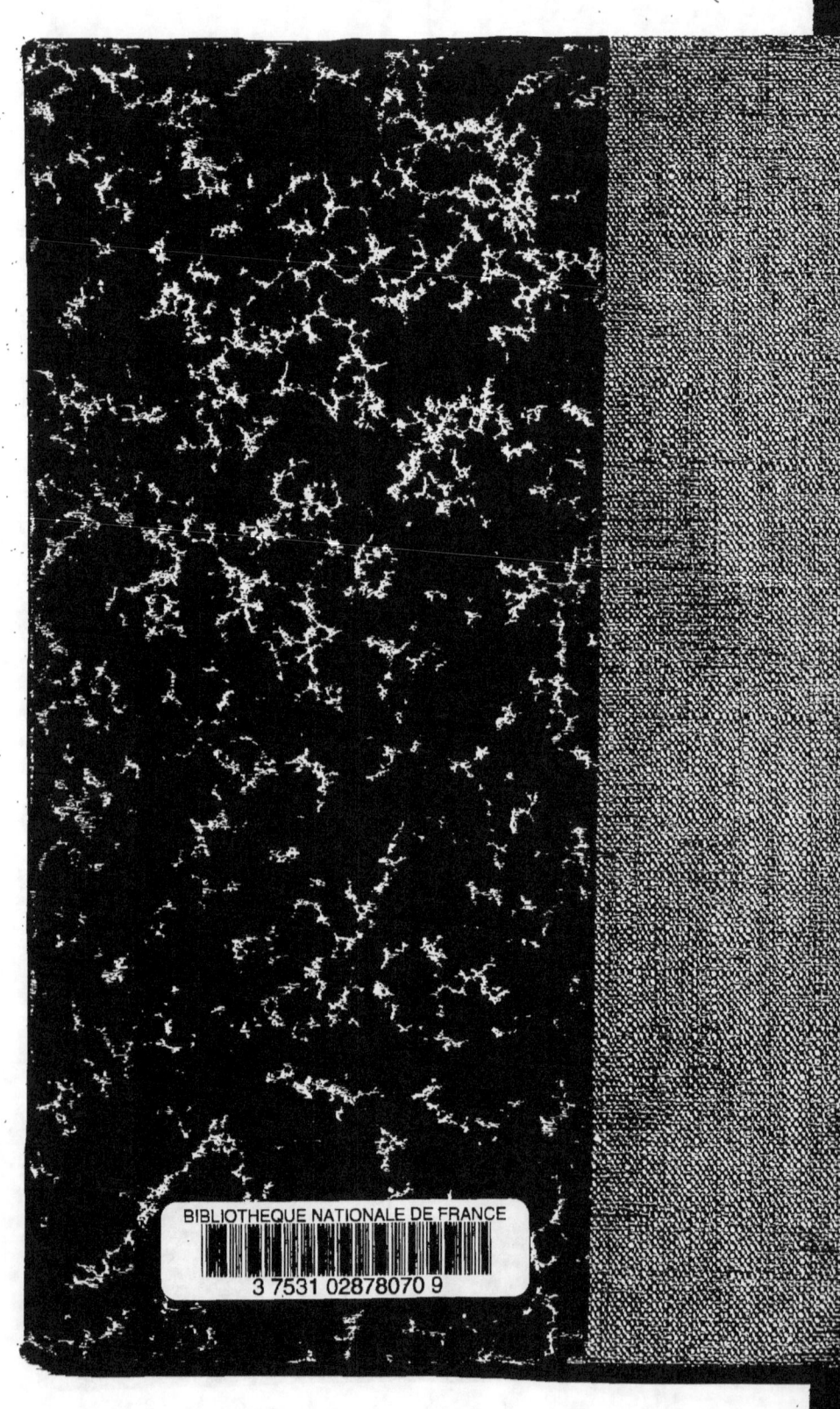